文芸社セレクション

麗人

藤崎 潤史

文芸社

目次

都島物語……71

エピローグⅡ

141

本作に登場する人物は、著名人を除きすべて仮名です。

麗人

I

ネオンの色とりどりの灯が霧のような秋雨に滲む三津寺町を、二人は一つの傘にその身を寄せ合って堺筋方向に歩いた。

「寒いな。一緒に風呂で温まれへんか」の私の誘いに、千恵は微笑んで「お風呂だけよ」と返した果ての、ラブホテルへ向かう路上であった。

千恵はその身体のラインを露わにするような、細身のグレーのタイトスカートのスーツに中ヒールの短ブーツ、一見ＯＬ風な装いだが、スカートのスリットが長く、後ろ腿から股間が大胆に見え隠れし、如何にも夜の女の衣装に違いなかった。百六十二、三センチの身長だろうか、ハイヒールだと私より背丈が高いだろう。中ヒールで私と同丈にみえる。

私も千恵と同色のスーツに白ワイシャツに紺系の柄ネクタイ。

一時間ほど前に接待していた得意先客を店の前でタクシーに乗せ、自分も帰路に就こうとしたが「あと一時間くらいで、私も上がるから」と千恵に誘われ、店に引き返した。

千恵とは今回で三度目の顔合わせであった。千恵がホステスとして働く店は座るだけで数万はする所謂高級クラブだ。誰がこの店を最初に接待で使ったかは定かでない。

私の勤務する子供服メーカーは、婦人アパレルとテキスタイルを主体とするグループ会社の中の新規事業部で、まだ商いというまでには至っていなかった。グループで年商五百億の中堅企業だ。私は大学卒業後、グループのテキスタイル企業に入社したが、半年の研修後、新規に立ち上げた子供アパレルへの配属になった。まだ独立法人ではなく、テキスタイル会社内の新規事業部門で「コルテ事業部」と称した。三年以内で独立法人化できる売り上げ利益の獲得を部門のトップは厳命されていたらしいが、ペーペーの私には関係のないことであった。このときのテキスタイル企業は自社が大手紡績企業と共同開発した素材が大当たりして当社の企業規模にしては莫大な利潤をあげていた。その素材を独占化したグループのアパレル会社も相応の利益を計上していた。グループ各社が高利益を計上していた。そして、グループの総帥の会長・社長の「利益は社員に還元する」という方針から、二十代半ばの私にも、当時給料は銀行振り込みだったが、賞与は現金で支給していて、札入り封筒が立った。貰った本人が信じられないほどだった。現金支給だから、差し引かれるものはすべて差し引かれた手取りだった。そんな時期のことだから、接待費も今では考えられない額が、私のような若輩でも稟議ひとつで通った。

そうでなければ千恵のいるような高級クラブで、度々呑むことなど到底出来ない話だった。

以前からグループの幹部の馴染みの店だったのか、おそらくそうだろう。

南の笠屋町の一郭にあるこの高級クラブは「麗人」という店名で、フロアの中央に白いグランドピアノがあって、決まった時間にタキシードの男性がバックグラウンド音楽として生演奏をしていた。時に白いロングドレスの若い女性に替わるときもあったが、あとで音大生のアルバイトと知った。客あるいはホステスが歌うときは伴奏で弾く。千恵は美空ひばりの「ひとりぼっち」を持ち歌として、その歌唱はプロ級だった。

私が初めて訪店したときに何人かのホステスと彼女がいた。二度目も彼女はいた。客は私たちだけではないが、なぜか三度目も千恵は私たちの席に付き添った。もちろん毎回接待の相手は違う。

私が、もしかして千恵は私に気がある、と勘違いしてもおかしくはないだろう。

しかも三度目の今夜、アフターをせがまれたのだ。

「あら、雨?」

十月にしてはうすら寒い夜だった。

「マネージャー、お客さんを濡らすわけにいかないから傘。大きめのを用意して」

傘を二本差し出したマネージャーに、

「野暮ね。こっちの大きめの一本でいいわよ。ね？　藤森さん」

と私にウィンクした。それから馴染みの店だと、小料理屋のような店に連れていかれた。熱燗を二人で四本ほど空けた。

高級クラブで高い酒を呑んだのにさほど酔わなかったのに、此処での酒ですこし酔いが回った。千恵は昔からの恋人のように、傘をもつ私の空いた手に絡みついていた。

「寒いな。一緒に風呂で温まれへんか」

私は酔いもあってダメ元で千恵に囁いた。

「お風呂だけよ」と千恵が答えた。

堺筋を渡ったビル群の一郭の、高級マンションにも見える瀟洒な建物に入った。フロントがあってシティホテルの趣。玄関脇にちいさな行灯風な置き看板があった。

「堺筋ホテル」

フロントにはいかにも存在感がないというか、薄暗い照明に溶け込むようなダークスーツ・ネクタイ姿の男が黒子のように一言も発せずに待っていたかのように千恵にキーを手渡した。千恵も黙って受け取り、私の手をひいた。

玄関からフロント・エレベーター口のフロアは大理石かと思われた。頭上の照明は、天井に光をあてる間接照明だが、そのカバーはシャンデリア形で如何にも高価な感じがした。客の面を晒さない配慮の薄暗い照度だった。

エレベーター内も薄暗く、扉内側も他の三方が全面鏡張りで、反映し合う二人の姿が永遠に存在した。長くエレベーター内にいると、オカシクなりそうだった。

最上階の七階でエレベーターが止まった。右に出て、廊下をいく。どういう構造の建物なのか一階フロアの広さからすると不自然な広さを感じた。廊下は吸音性の高い厚めの絨毯だ。ほんとに超高級なホテルだ。南の全高級クラブのホステスとその上客のために誂えたようなホテルだ、と私は柄にもなく不安と期待と未知への憧憬みたいな自分でも説明のつかない胸の高鳴りを覚えた。

最奥の部屋に千恵はキーを差し込んだ。

ラブホテルだ。なぜか部屋に入って安堵した。

高校生のときに交際した女子高生と初体験した都島桜宮のラブホテルほどのケバケバしさはないが、部屋の割りに大きすぎる浴室、しかもわずかに不透明にはしているが、浴室の傍らの大きなベッドからガラス越しに浴室が見通せる構造になっている。ベッドの上の天井は鏡張りで、行為が当人自身で見られる。ベッドの頭部の棚にはなにやら様々なスイッチやダイヤルが並んでいて、弄ってみるとベッドが波打ったり、照明が明るくなったり暗くなったり、照明の色が怪しい赤やブルーになったり。

「へえ、おもろいホテルやな」

私は思わず呟いた。

上着だけを脱いで、ベッドに仰向いて寝転ぶ私に千恵が馬乗りになった。そして、徐に私の着衣を脱がし始めた。ネクタイを解く。シャツの釦をひとつひとつ外し、スラックスを膝元までさげ脱がせた。私の腰を浮かせてブリーフを取る。私を全裸にすると、私の頭を跨いで立ち上がり、立ったまま自ら脱ぎだした。

Ⅱ

千恵がどこから来て、どこの人なのか。

当時、新規事業の営業は私を含めての三人、一人は本居という係長で上長、私とドサ周りの片割れが佐々木だった。

高校卒業後に入社した彼は、年は私より一つ下だが、四年早い入社の先輩だ。

「フーちゃん（彼は私をそう呼んでいた）、千恵さんてヤクザの親分の愛人っていう噂やけど」とニヤニヤしながら、熱燗を呷りながら言った。

この佐々木とは、まだ新規事業に配属される以前お互い顔だけは見知っている程度の時、福田和美という女をめぐった因縁があった。生来女好きの私は妻帯者にも拘わらず、総務部の和美をその美貌と全身に漂うフェロモンに毒されて、誘った。後の顛末は佐々木に語らせる。

「フーちゃん。福田和美を誘って、中崎町の彼女のアパートの近くに駐車して待ってたやろ。ブルーシルバーのギャランやったな。いくら待っても和美けえへんやった（来なかった）やろ。あのときな、俺和美とアパートの屋上で、ビニールプールでいちゃついてたんや。暑いのに大変やったな」

とニヤニヤしながらこんどは麦酒を呷って言った。

そういう佐々木も当時、妻帯者で子供が二人いた。妻は美知子、長女と生まれたばかりの男の子がいたのだ。悪友となった佐々木も私に勝るとも劣らぬ女好き、酒好きで、営業の精鋭だった。もちろん彼の住居にも行き来し、美知子さんとも懇意にしていた。

佐々木とのことを記述しだすと、この作品が別方向に逸脱するので、あえて省くが、ひとつ……。

佐々木はある事情で退社後、いろいろな変節をたどることになるが、若くして死んだ。確か享年は四十に満たなかった。肝炎による死だった。

千恵と付き合って月日を重ねたある夜の性交の後、ベッドに横たわり、紫煙が天井に舞うのを眺めながら、語り合った。

「千恵さんはコッチの人やないわな。標準語というよりは江戸弁喋りやし」

「そう、東京の竹ノ塚という所の出身。知らないでしょ」

この頃は東京開拓に月一度の出張をしていたので、

「知ってるわ。東武伊勢崎線やろ。あれで足利や桐生までいったし、春日部にもいったで」

「あら？　マサノブって、そんな所までいってるんだ」

「千恵さんの出身地を悪ういうて申し訳ないけど、あの沿線ってなんかドブ臭いんやな」

当時、東武伊勢崎線（現・スカイツリーライン）は春日部付近まではほんとに駅周辺にドブが多くて、あの沿線での営業は苦手だった。

あの当時、東急横浜線や田園都市線にも行った。同じ首都圏での貧富の差がそのまま沿線の差になっていた。それが今では高架になって東急・東武が相互乗り入れしている時代になった。余談。

「そうだね。貧しい街だよ」

幼年期、少女期の苦労を思い出したような悲しい顔をした。

「ゴメン、ごめん」と千恵の裸の肩を抱いた。

「マサノブ、どうしよ？」

「なにが？」

「こんなにも貴方が好きになってしまって。ほんと罪な人だよ」と涙目で云った。

「ほんと罪な人」と泣かれても困惑するしかない私だった。

幾多の男を知っている千恵が何故私なのか。極々普通の、特別セックス技能が巧いわけでもなく、金力筋力権力があるわけでもない。何故私なのか。

ほんと罪な人、は妻に対してだった。

妻紀子とは大学時代の恋仲同士で、大学卒業後、すぐに結婚した。紀子の父親は、神戸の三宮でテーラード店を経営し、自らもテーラード職人だった。宝塚逆瀬川の高級住宅地に居を構えて、紀子はそこの長女で、経済的には恵まれた令嬢とまでは云わなくても「お嬢さん」だった。

紀子の両親は私たちの結婚に反対した。それでも何故か紀子は私との結婚を急いだ。私の両親も消極的で、母親は式に出なかった。父だけが出席。大学の友人が取り計らってくれた友人婚とも云える、寂しい式だった。

こういう状況になると、紀子の父親の私への観察眼は正しかった、と云える。もっとも私たちの結婚への反感は、私の父親の出自が関わっていたのだが、その件は省く。

年月は失念したが、ある年の四月に紀子は、私たちの住まいの大阪箕面市の図書館司書に採用され、大学卒業で就職したある出版社から転職した。大学在学中に図書司書の資格をとり、司書は当初よりの熱望していた仕事だった。

図書館での仕事で、土日は出勤なので、私との距離はさらに遠退いた。さらに私の深夜の帰宅に睡眠が妨げられる、ということで、１ＬＤＫの文化住宅から、阪急南千里駅近くの２ＬＤＫの賃貸マンションに引っ越した。引っ越しには、高校時代の先輩たちで、卒業後も文芸同人を通して交流していた友人に手伝ってもらった。彼らは、この転居に私たち夫婦の亀裂を察していたことを後日、聞いた。

Ⅲ

「マサノブ、私の写真を撮って」と東園千枝子が、私の趣味の一つが撮影だと知って甘えた。

ここ数年の信じられない額の賞与で、小金持ちになった私はニコン一眼カメラ・付属レンズ数本を買い、悦に入っていた。

千恵の本名「東園千枝子」の住居に初めて訪れた。といっても瀟洒な高層マンションの玄関前までで、彼女の部屋に入室したわけではなかった。

「ヤクザの親分の愛人らしいで」の佐々木の言葉がまんざら嘘でもなさそうな、土佐堀にある高級マンションだった。

千恵の装いは、桜をちりばめた淡い桃色系の和服。店でみるトーンを抑えた着物と違い、千恵の美しさが春の朝日に眩いばかりだった。

重そうな玄関のガラス扉が開けられ、エントランスからエレベーターで地下の駐車場に案内された。

ドイツ車、アメ車の高級車が目立った。

これまで何度か助手席に座ったニッサンセドリックの前で「はい」と渡されたキー。

「着物では運転できないから、マサノブが運転ね」とほほ笑んだ。

ベンツでなくてよかったが、自分の車より一回り大きなセドリックで、当時普及し始めたオートマの運転はあまり慣れていないので、慎重にアクセルを踏んだ。

薄暗い地下から緩やかなスロープをあがった。

春爛漫の朝だった。

「眩しい」とおもわず日よけを下した。

「はい、サングラス」と千恵が私に手渡したのはレーバンの涙型サングラスだった。

「これは今日のカメラマンとしてのお仕事へのお礼」と高級サングラスを私にくれた。

行先は奈良。当初京都を予定していたが、この時期の京都の混み具合を考慮して、奈良に変更した。

「今日は一日たっぷりと遊ぼうね。お弁当も用意してあるからね」と朝日に輝く白い歯をのぞかせた。淡い桜色の着物の千恵が車中を指す春の朝光に天女のように思えた。こんな女と一緒なのが夢のようだった。

阪神高速を経て、先日開通した西名阪自動車道で法隆寺へ向かった。西名阪を走行中に、夜の千恵とは違った魅力に毒されて、左手を千恵の着物の裾合わせを割るように伸ばした。

「ダメ。事故でも起こしたら大変。マサノブは保険が利かないから面倒なことになるよ。着物姿の私が裾を拡げて運転していた、とは言えないでしょ？」

また輝くように笑った。

一旦欲情した私の下半身の疼きは抑えられそうになかった。

何処だったか、幹線を抜け、人気のない森林の空き地に車を留めた。

千恵は私のズボンのファスナーを下ろし、私の性器を口に含んでくれた。

着物を汚さないよう、千恵の口中で爆ぜた。


爆ぜた、といえば、千恵との性交で私はいつも千恵の膣中に射精した。

千恵との初性交のときにも膣外射精を試みたが、千恵がそれを許さなかった。

「きて、きて」と哭きながら私の腰に脚を絡めて、身体の離脱を拒んだ。

たぶん避妊薬を服用してのことなのだろうが、と思っていたが、後年、堕胎を二度したことを知った。

「なんで？」

「どうしてもマサノブとは結婚できない事情があるし、貴方の子を産むわけにもいかなかった」と泣いた。

「それやったらなんでゴムは拒むし、膣外射精を拒んだんや」

「マサノブが欲しかった。マサノブの体液を私の中に注いでほしかった」

云ってる事が矛盾していて、訳が分からなかった。

「体を傷つけるだけやろ。俺は千恵が傷つくのは耐えられへんわ」

「これからはしっかり避妊しよう」との二人の決意も、この後、再婚の美香との東京転勤で私たちの交わりも終わることになる筈だったが…。

それは、まだ後年の話。

拙いながらも撮影知識を駆使して、千恵を撮りまくった。今でもそうだが、私は自然光で撮るのが好きで、極力日中シンクロは使わない。斜光・逆光では露出を工夫し、車の遮光ボードをレフ板替わりに利用した。現像して、まあまあの結果を出した撮影に満足した。当時は現像するまで撮影結果がわからないフィルムカメラなので、とりあえず撮りまくって、結果はあとのお楽しみ、なのだがフィルム撮影は金がかかる。だからこの時代では写真撮影は金のかかる趣味だった。

和服の千恵は、法隆寺の何処で撮っても絵になった。

行きかう参拝者は誰もが千恵に魅入り、「誰？　女優さん？」との囁きも聞かれた。私はカメラマンに徹したので、これでもう一人助手としての人間でも同行していたら、如何にも撮影ロケと見間違う状況だった。

夕景の撮影まで法隆寺に留まって、五重塔が西日に陰りだした時刻に車に戻った。

大阪まで帰って、千恵は和服のままでいつもの「堺筋ホテル」の駐車場にセドリックを滑り込ませ、いつもの部屋で身体を重ねた。

Ⅳ

男はダークグレーのスーツの上着の襟を返した。社章は襟の表に着けるものだが、男の紋章は裏社会のそれらしく襟の裏に金色に輝いていた。

男はテーブルに私たちに、

「****組のもんや。これから暴れるさかい、おとなしゅうしててや」と低い声で云った。

「麗人」で一緒に働いていた千恵の同僚の女性が独立して店を開店させたと、千恵は大きな花束を抱えて、私と先述した本居さんとで早めに「麗人」を出た。

満面の笑顔で千恵の元同僚の女性が私たち三人を迎えた。千恵の持参の花束はあらかじめ用意された花瓶に生けられ、カウンターに飾られた。瀟洒な店内だった。カウンター奥にはとりどりな酒瓶が寸分違わぬ間隔を空けて、ガラス棚に並べられ、壁は鏡張り。黒チョッキに清潔感漂うシルク光沢の白シャツに蝶ネクタイのバーテンダーが控えめな笑顔でグラスを拭いていた。

まだ早いのか、客は私たち三人とカウンターにサラリーマン風の一人の男だけだった。

おそらく間もなく、ご祝儀を兼ねて千恵のような客が来店するのだろう。

ほぼ店内の中央のテーブルに案内された。足裏に心地よい厚い絨毯を歩いて席に着いた。女性も同席した。

「おおきにな、千恵ちゃん」と云って、カウンターのバーテンダーに目線をおくり「旦那よ」と親指をたてた。私と目があって、旦那は軽く頭を下げた。私も目礼を返した。

「真理ちゃんはえらいな。夢を叶えたね」と千恵。女性は頷きながらテーブル上の麦酒の栓をあけていく。まずは本居さんのグラスに麦酒を注ぎながら、

「半分はあの人のお陰やわ」と。

次に私のグラスに麦酒を注いだ。これまでの苦労が脳裏によみがえったのか女性の目が心なしか潤んでいた。

「とにかくおめでとう」と千恵がグラスを掲げた。

「私の友達の新しい門出を、本居さんも藤森さんも祝ってあげて」自分の持つグラスを私たちのグラスに合わせてきた。

私たちが麦酒を飲み干すタイミングを見計らっていたみたいに、スーツの男がカウンター席から離れて、私たちのテーブルに寄った。

男はダークグレーのスーツの上着の襟を返した。社章は襟の表に着け

るものだが、男の紋章は裏社会のそれらしく襟の裏に金色に輝いていた。

　男はテーブルに私たちに、

「＊＊＊＊組のもんや。これから暴れるさかい、おとなしゅうしててや」と低い声で云った。

　間髪入れずに男は卓子の麦酒瓶を手に取るや其の身を翻して、カウンター奥の鏡面目掛けて投げた。瓶は回転しながら飛んだ。硝子棚の高級な洋酒瓶が吹っ飛んだ。さらに男は卓子横のスチールの椅子を軽々と抱えて、カウンターの上に飛び乗った。まるで猿だ。奥の壁鏡面を容赦なく叩き割っていった。

　相手は極道とわかっていたが、バーテンダーの旦那と本居さんと私の男三人、立ち向かえるかもしれない、と立ち上がろうとした時、旦那が「手を出すな」と私たちを制した。同時に女性と千恵が身を挺して抱きかかえるように私達を店外に出した。私と本居さんと千恵を残して女性は再び店内へ。扉は固く閉ざされた。

実際はどれくらいの時間がたったのか自覚はなかったが、私の感覚ではすぐに二台のパトカーが店前の路上に着いた。制服警官がすでに警棒を構えて、なんの躊躇もなくなだれ込んだ。

すぐに男が後ろ手に拘束されて出てきた。

その一瞬の開扉に私は見た。

店内で爆ぜたように、鏡壁は崩れ、天井の照明は落下、飾りものは無残に散乱し、さすが大理石製と思われるテーブルだけは崩壊できなかったのか、行き場のない丸い輪となって転がっていた。


後日知ったことだが、当時、南の林組、北の矢頭組と南北の繁華街の裏の勢力は安定していた。ところが、大阪府下の豊中市で、どちらかの組系の発砲で抗争が起きた。それが引き金となって矢頭組と林組の大阪戦争と云われる全面対立となり、力で優位な矢頭組が林組支配圏の南を挑発した。

千恵の友の女性も、水商売での裏は知り尽くしていた。裏の規範を守り、林組系の地回りにそれ相応のみかじめ料は納めたらしい。襲ったのは矢頭組系の男だった。いうなれば、両者の抗争に巻き込まれた不運だった。

あのとき警察に連行された男の上着の下の脇には、小型拳銃が隠されていたとのこと。

「手を出すな」は女性の旦那の、すべてを見通しての私たちへの精一杯への叫びだったのだ。後日ではあるが、それを知った時、本居さん共々腰がぬけるほどの戦慄を覚えた。

千恵と一緒にいることで平凡な給与所得者には経験できない（しなくてもよい）状況に出合うことが多々あった。

同じ千恵の職場「麗人」のホステスで源氏名をキッコという女性がいた。ワンレングスの髪の長い一見モデル風のホステスだった。千恵より年下、私と同い年だが、相性が合うのか千恵とは特別仲がよかったようだ。

ある日曜日に、キッコに招待され、二人でキッコの住まいを訪ねることになった。春に法隆寺に遊んだその年の五月のことだったと記憶している。

快晴の休日だった。

キッコの部屋のベランダから薫風と柔らかな日差しと、それらを背に受けたその男の姿が昨日のことのように思い浮かんでくる。

さほど広くはないリビングのソファにその若い男は腰を下ろしていた。もちろん、私も若く同年代、二十代後半くらいか。

男は上質な白い朱子織のシャツを羽織るように着ていた。上から三つほどのボタンをはずして、胸元を開けていた。

逆光ながら、男の胸元から肩口、二の腕にかけて薄布を透しての刺青が見て取れた。逆光に目が慣れてくると、男の刺青は、絞り込んだ細身の艶やかな肌に生まれついた時からの紋様かと錯覚するほどに自然に鮮やかに浮かび上がってきた。

男は、私を自分と同類の千恵の「情夫」で、堅気ではない、と思っていたのか、私が給与所得者（サラリーマン）だとわかると以外そうな顔をした。

初夏の昼下がり、四人で麦酒を呑んだ。酔いも手伝ってか、男はその寡黙の印象とは裏腹によく喋った。

極道社会での、理不尽な従属・上下関係の厳格差別・親分のためなら生命を投げ出す覚悟と忠誠。武士社会そのものである。

一見打ち解けた男と私だが、やはり相手は極道、会話していても、言葉尻には神経を使わざるを得なかった。所詮住む世界が違い、其の後数回一緒に呑んだが、いつの間にか会うこともなくなった。

V

ついにその日がきた。

　妻の紀子はもうとうに私からの離婚話は予期していたみたいだった。寧ろ彼女から投げかけなかったのは、彼女のプライドであり、私と千恵への意地でもあったのだろう。

「好きな人がいる。このまま君との結婚生活は続けられない」

　なぜか標準語で、硬く云う事が礼儀であるかのように紀子に語り掛けた。

「そやね。もうとっくに私たちは形だけの夫婦やもんね」

「まだ、僕らは若い。お互いやり直せるのに十分若い」意味は通じるが、訳のわからない言葉も発した。

「まだ見たこともない人やけど、一緒になるの？」

「それはわからへん」と正直に云った。

千里のマンションに転居し、部屋を分けた家内別居状態で数か月が経つ。

ほんとうに久しぶりにリビングのテーブルで顔を突き合わせた。

卓子の上には私が用意した離婚届があった。すでに私の署名、捺印は押してあり、紀子の空欄があるのみだった。離婚届けは結婚届けとなんら変わりのない用紙だった。

紀子は、

「今ここで書かなくてもいいよね」

「もちろん、いわば僕の背信なんやから。君が離婚という法的別離に納得しないなら破り捨ててもらってええし」

「なんかそんな言い方ってズルい」

無言の私。

「わたしが判をつく確信があるとわかってるのに、そんな言い方をするんや。なんか悲しいし、腹たつわ」

無言の私。

「そんなに好きなんや、その人のこと」

無言の私。


紀子が離婚届を市役所に提出し受理されたことの報告の手紙が、ある日テーブル上に置かれていた。もうお互い言葉を交わすこともなかった。ほぼ同時に紀子との友人結婚式に出席した大学時代の友人数人から「男の風上にもおけん」と云う罵りの言葉を並べた絶交状が届いた。

二十三歳での結婚。二十七歳での離婚。四年での破局だった。そして数人を除いて大学時の友人を失くした。

離婚後、紀子は自分の職場の箕面市図書館の近く、私達の新婚時の地に転居した。一人では広すぎる2LDKのマンションに私一人残った。

紀子との離婚後、千恵は何かにつけて私の部屋に来た。その後暫く、愛の営みは「堺筋ホテル」から千里の私の部屋に替わった。

「堺筋ホテル」では翌朝まで滞在することのなかった千恵が私の部屋では一緒に朝を迎えることが偶にあった。そして時には私の出勤に、

「いってらっしゃい」と玄関で送り出し、隣室の奥さんと偶然顔を合わせ、

「おはようございます」と挨拶。

隣人の奥さんは別れた紀子と顔見知りでもあったので、千恵にドギマギしていた。急に私の妻?が変わったのだから狐につままれたようだった。

しかもさらに、後年、現在の妻も東京転勤までここに住んでいて、同じ奥さんと顔を合わせることにもなったので、隣室の奥さんにしたら私が何者?と思ったのに違いない。

離婚の報告を千恵にした。

千恵には当然の成り行きだったのか、

「でもねマサノブ。

マサノブに相応しい人（女）が出来たら、私に会わせてよ」

「千恵のことなんて云って会わせるんや」

「姉でいいんじゃない？」と真顔で云うのが可笑しかった。

「わかれた妻は相応しい女ではなかったわけ？」

「そうよ。でなければ、私にここまで夢中になれないでしょ？

少なくとも私の方がマサノブに相応しい女なの。だけど私よりもっとふさわしい人が現れるかもネ。

そのときは身をひくわ。身はひくけど、心は引かないかもしれない」

訳のわからない事、いいや、千恵のその言葉の意味は十分わかっている筈の私だった。

当時私は二十七歳。

私の部屋での、愛の営みは三年続いた。

Ⅵ

私は三十歳になった。

この年の四月、コルテ事業部も株式会社コルテとして、事業部から独立法人化して、本町のテキスタイル会社ビル内から、天満橋の大阪マーチャンダイズマートビル内に移転した。

このときに現在の妻、森田美香が入社した。二十歳。

彼女と私の奇妙な因縁がここから始まるのだが、具象化するのはまだ先の話。

私は課長に昇進した。

私の首都圏市場開拓が実を結んだ。

東京営業所の新設が決まった。初代所長は社長の血縁筋にあたる新穂という男で、グループ内の別会社から転属されてきた。

東京採用者が半年間大阪で研修することになった。

コルテでの初代東京採用者は井川と云った。日本大学卒業者だ。当然、東京所在の大卒者はコルテでは初めてだった。

株式会社コルテ社長はグループ総帥でもある新穂良一さんだったが、グループ全社の社長を兼ねていたので実質の経営トップは大粒木常務だった。その常務が私の今夜の都合を聞いてきた。

大粒木常務は、当時上司としては私と最も親交の厚かった本居部長（本居さんは部長に昇進していた）とは一線を画してはいたが、なにかと私に近づいてきた人だった。

後日知ったことだが、北海道の何処だかの出身で京都に憧れて同志社大学を卒業、グループに入社したらしい。そして京都美大卒業の奥さんと奈良の橿原に二人で住んでいた。読書家で、こよなく絵画を愛し、子供はなく、日本画を描く愛妻と静かで質素な生活ぶり、という社内の噂が本当らしい人柄だった。

「菜根譚」(洪自誠 著)を是非読め、と若い私にくれた人である。

文学を学びたくて、工業高校から苦労して入学した立心館大で日本文学を専攻した私だが儒学書の此書は、私への警告だったのか。

いまだ私の手元にある。

人生を重ねた方には大粒木という男の輪郭がみえると思う。

大阪マーチャントダイズマートビル(OMMビル)の地下の居酒屋でひっそり呑むのが楽しみ、という極めて私とは真逆の生き方をしていた人だった。

なぜ私なのか、いまだわからない処がある。

この大粒木さんも亡くなって数年が経つ。

その大粒木常務が、OMM地下の行きつけの居酒屋で私に酒を勧めながら、

「藤森くんの住居、一部屋余裕があるらしいな」

嫌な予感がした。もちろん私の離婚を上長たちは承知していた。とうの前に妻帯（扶養）手当もなくなっていた。

早い話が、東京採用の新入社員の面倒をみてくれ、と云う事だった。空いた一部屋に井川を寝泊りさせ、折に触れて指導して欲しい、との依頼だった。もちろん寮費・指導係としての報酬は出す、とのこと。

人を指導できる生き方等していない自分だがガツンと断り辛い。と同時にふとある疑念がよぎった。

離婚後に、首都圏市場開発の任に就いて、一度東京に出張すると一週間から十日は、神田の某ビジネスホテルを常宿として、都内都下をはじめ西は静岡・小田原から湘南・横浜。東は足利・桐生へと駆け巡った。

終日を新規開拓の営業をし、神田のホテルに帰ると商売道具をおき、あとは酒好き・女好きの私がホテル近くの繁華街のピンクサロン（当時「ハワイ」や「タヒチ」「グアム」等の楽園が立ち並んでいた）の可愛娘とネンゴロになるのにさほどの時間はかからなかった。何回か目の東京出張で、常宿のホテルに宿泊簿は記して荷物は部屋に置くものの、彼女の大宮のアパートで夜を一緒に過ごすようになった。翌朝彼女と一緒にアパートをでて、彼女は昼間の職場の浦和で下車し、私は神田のホテルに戻った。

東京にはグループ各社があった。当然私を知る者もいた。

出張精算時に大粒木常務に、

「藤森、ちゃんとホテルに泊まれよ」と叱責された。

もちろんホテルに宿泊していることになっていて領収書も提出していた。それにも拘わらず、なぜ女のアパートで寝泊まりしているのが常務に漏れたのか。グループの誰かに目撃され、告げられたのか、常務がカマをかけたのか、と考えたことのあることを思いだした。

独身の私が女（千恵）を部屋に連れ込んでいると察して、あるいは内通者が知らせたのか、極めて健全で道徳心に長けた人としては私達の愛の住み処が許せなかったのか。

当時の私としては、余計なお世話、とは云えなかった。

依って、愛の営巣はまた「堺筋ホテル」に戻った。

Ⅶ

独立法人化した株式会社コルテの絶好調は続いた。

当時、子供服市場は、のちの日本経済のバブルの先取りのように目覚ましいものがあった。雨後のタケノコのように起業する子供服メーカー、大手アパレルグループ、テキスタイルグループの子供服事業への参入が当たり前のようになった。

しかも何処もがそれなりに売れ、利益を上げた。

しかし、時期の差こそあれ、やはりバブルだった。

松田聖子が自分の娘に着せたい子供服として「フローレスセイコ」を当時の大手テキスタイル企業Fが大々的に宣伝し立ち上げたが、後に本体も倒産した。Ｆは聖子のほかにもロベルタやらと海外ブランドとの提携の子供服にも資本をつぎ込んだ。

大手では同じく「足袋」で一大企業になった福助も倒産した。サンローランブランドの子供服を提携販売していた。直接子供服との関わりではないかもしれないが、日本を代表した原宿に巨大な本社を持ったレナウンも倒産した。

後付けになるが、何方かと云うと、婦人アパレル系グループが子供服を事業化し、あるいは本体自体が増収増益分も無益とまでは云わないが、其の場の高揚感で後先を観ない投資をし、後のバブル期の不動産への投資等と合わせた原因で倒産という傾向があった。私が所属していたグループも例に漏れない。

コルテ事業部を立ち上げたときに、私が出会った、風呂敷に包んだサンプルを小売店でくり広げて地道な受注営業をしていた木村夫婦が、あっという間に子供服バブルに乗じて巨大企業となった。彼らは私たちのようにグループの支援もなく、地を這うような努力で稼いだ金を事業に関係のない不動産などに投資しないで、蟻が巣を見えない地下に広げていくように自分の事業に最も効率的に金を使っていった。その「ミキハウス」は未だ健在だ。「ファミリア」も自分の事業コンセプトを持続している。

ともあれ（物語に帰る）、私が三十歳の時は史上空前の子供服ブームで、私の開拓した成果で立ちあげた東京圏市場も絶好調で、展示会時の接待に千恵のクラブを使う余裕がまだあった。

千恵はひと月に一度「ご挨拶参り」という事で、和服姿で手に瀟洒な風呂敷に包んだ豪華な重箱懐石弁当を会社まで持参した。

そのまま本居さんや大粒木常務を訪ねればいいのに千恵は私を呼んだ。まるで千恵の専用対応係だった。しかも、事前に私が社内に居ることを確かめてから訪問するのだから、社内の人間の誰もが千恵が私と付き合っていることを知っていた。

入社したばかりの森田美香なんかは興味津々で千恵と私を見ていた。「皆さんで召し上がって」と渡された懐石弁当が、私のための其れであると、みんなが思っていた。一人で食べきれる量ではないので昼食時に若い連中も箸をつけはするが、

「藤森課長、これ貰ってええんですか」とニタニタしながら意味ありげな顔をする。

高級クラブで接待できる営業は社内でも憧れであった。

お互い十代・二十代の若造・小娘ではないのに恋焦がれる気持ちで片時も離れたくない。電話でも繋がろうとする。携帯電話などない時代だ。営業の私は社外では時間管理は自らで行う。時間の余裕があれば、公衆電話から千恵に電話をした。そのため常に硬貨を財布に用意していた。

夜の女の目覚めは遅い。

私が出社して、営業に社外に出るころに目覚めるようだ。

「マサノブ、おはよう」

「もうとうに日は昇っとるで」

「いまからお仕事？」

まだ微睡みから覚めないハスキーな千恵の声。私はこの声を聴くだけで、肉体をからませた千恵が頭に蘇り、朝から下半身が熱くなる。三十歳はまだ若い。今から思うと阿呆だが、当時は、身体を抜けて自分の魂が彼女の元に飛んでいけたら、と夢想したものだ。

「いま、どんな格好？」

「素っ裸でベッドに寝転んでるよ」

「一人なんか」

「当たり前よ」

「そばに男が居ぃひんか」

「莫迦。いないわよ」少し機嫌を損ねたようだ。

「マサノブ、こっちにおいで」

「千恵のその声で、俺勃ってきたわ」

「うん、いいわよ。舐めてあげる。ほーら、マサノブ、もっと大きくなってきたわ。（桃色吐息）…………入れて。はやく入れて……」

こうして書いている自分が阿呆になった気がする、ほんとに阿呆どもの会話だが、大真面目でこんな遣り取りを、受話器を通してやっていた。

こんな日の夜は自前で「麗人」に出向いた。

「来てくれる感じがしていた」と千恵が喜んだ。そして店が終わると「堺筋ホテル」で、朝の電話での遣り取りの続きの時間を繋いだ。

「同伴出勤」というのが、水商売の世界にはある。文字通り、ホステスが出勤前に客と落ち合って、食事でもして、連れ添って店にいくのだが、千恵は、よく私に「同伴」をせがんだ。もちろんホステスとしての成績アップになるのだが、

「悪いけど、金欠」と暗に断ると、彼女がその時の代金をもってくれる

のだ。四回に一回は自分で出したが、三回は彼女の驕りだった。これだけ、男のために出資していたのだ。私は完全に「紐」男だった。

けっして安くはない高級クラブの呑み代だが、彼女にしたらどうってことのない額だったのだろうか。

Ⅷ

年が明けるとすぐに三十一歳になる師走。

職場での忘年会が例年どおり行われた。

一次会、二次会も終え、三次会を井川の半年の研修も終えてまた独身になった私の千里山のマンションの自宅で、と私の後輩（仕事上でも出身大学でも）の伏田が提案した。それぞれ、各自で藤森さんの部屋にいくように、と号令をかけた。疲れた者は帰っても良し、ということである。多分、近くの関大前に住む伏田をはじめ男数人だけだろう、と思っていた。連れだって私の部屋に行くのではなく、一足先に私は帰宅して酒や乾きものではあるが肴を用意して皆の到着を待った。

チャイムが鳴った。果たして、森田美香だけの訪問だった。

「皆は…？」

「知りません」

「自分（君）ひとりでよく此処がわかったな」

「伏田さんから聞いて来ました。寒いし早よ入れてください」

なぜこういう会話に成るかと言うと、この時、美香と私は社内でも懇意ではなかった。なかった処か、好きではなかった。

彼女は前年の四月に、勤めていた信用金庫からの転職入社であった。社内で一番若く、可愛い容貌ではあったが、態度は全く可愛くなかった。彼女は生産部で、私とは部署が違うが、極めてビジネスライクな私や本居さんは「なんであんな娘をとったんや」という程嫌っていた。彼女もまた私に嫌われているのは承知であった。

因みに、彼女を採用したのは人事・総務を担当していた古元次長で、後日、美香と私の仲人を依頼し、引き受けてもらった人である。

こんなことがあった。そのときに事情は失念したが、私が、部署は違うが販売課長として彼女を叱責したことがあった。若いせいもあったし、私の性格か、後で伏田から、

「藤森さん、少し言い過ぎですわ」と言われた。

「自分（君）の親の顔がみたいわ」とかも言ったかな。

後日その親の顔を見に行くことになるが、

「美香さんをください」

と頭を下げに行くとは、この時点では想像さえしなかった。

「こんなん叱ってんのとちゃうわ。ウチのこと馬鹿にしてるんやわ」と私の叱責に逆ギレして、トイレに駆け込んでいった。

近くにいた本居さん、伏田、生産チーフの真下も唖然呆然。

其の後、彼女の姿が見えない。私も言いすぎたかな、と気にしていたので、

「どうした？」。

するど同僚女子が「帰りました」。

翌日も欠勤。「体調が悪い」という欠勤の連絡は入っていたらしいが、これも後日伏田から聞いたことだが、伏田が彼女に自宅に電話を入れて「藤森課長も言い過ぎたと反省している」と云ったらしい。多分伏田の電話でと私は思っているが翌々日には出勤してきた。

結婚して数十年経った今でもあの時の真相を聞くと「ほんまに体調が悪かったんや」で通している。


そんな彼女と二人きりの三次会。

その時は懇意でもなかったので、彼女がどこから通勤しているかは知らなかった。家は何処と尋ねると、「三重県の名張」と云う。とても帰れない。

「今晩は泊めてネ」と事もなげに云う。

「ええよ」とかしか答えようがないではないか。

彼女以外誰も来ない。最初からの筋書きではなかったのか。どちらかといえば跳ねっ返りの若い彼女には、高級クラブホステスとできている離婚男・女好きの浮名の私に興味をもっての計画的な行為で、伏田を抱き込んでの目論見では無かったのか、と思われたが、三十歳の私と二十歳の美香が一部屋で酒を呑んでいる。しかも彼女は「泊まる」のだ。当たり前の「性交」に至った。

十歳も年下の彼女は可愛い。それだけでも交際の価値はある。千恵とも続いていた。以後二年間、千恵と美香とそれこそ二股の関係を持った。

美香は、かなり気の強い性格の女だが、交際しているうちに知っていくのだが、合理的な考えをする賢女である。頭の回転がよく、実に流暢に喋る。これまた生産チーフの真下の喋りの上手さに負けず劣らずで、真下は彼女に「吉本興行のオーディション」を受けないかと誘ったくらいだった。

実は、真下は彼女を好いていて、女癖の悪い十歳も年上のおっさんに彼女を攫われて、あろうことか、彼女と私の結婚式の司会まで押し付けられたのである。

美香と結婚を意識したとき、「姉」とつげるべき千恵にかつて約束したとおり、会わせようと決意した。

美香は、コルテに入社した当時に、会社に私を訪ねてきた和服姿の千恵を見ており、そんな経緯を知りつつ、知っていたからこそ私に近づいたのだから、私の恋人に会うことになんの躊躇もしなかった。「姉」などという事も必要なかった。

霧のような雨の早秋「麗人」に趣いた。あらかじめ千恵には云っていたが、顔見知りのホステス達はまだあどけなさの残る美香との同伴に少し驚いたようであった。

千恵にはわかっていたが、ほとんどの顔見知りのホステス達には「会社の娘（こ）」と云ったきりなので、その若い娘が私の新しい恋人？とは思わなかったみたいだ。

雨の、夜にしては早い時刻なので、大半のホステスが私たちのテーブルに着いた。というのも、美香の素人離れの喋りのせいであった。「金」を出しても聞きたいくらいの四方山話に皆大笑いであった。どちらがホステスかわからない。

さあ、そろそろ腰をあげようとした時、やはり顔見知りのマネージャーが美香を口説き始めた。

「ね、お嬢さん、お名前なんて云うんですか」

「なんで、教えなあかんの」

「ま、お名前はええか。

今、お給料どれくらい貰ってるの？」

「なんで、教えなあかんの」

「だいたい見当がつくけど。今貰ってる給料の三倍は最低保証するわ。あとは成績次第で歩合がつく。お嬢さんやったら、すぐ一千万以上稼げるで」

美香はあどけない可愛い顔を少し綻ばせたが、

「でもホステスって、お客の売掛管理とか立て替えやらで、大変なんとちゃうのん」とマネージャーに返した。

マネージャーは諦めない。

「じゃあ。ヘルパーで来てくれないかな」

家が遠いから、と美香が制すると、

「最終電車で必ず帰らす。夕方五時出勤。十一時退店で二十万。交通費はもちろん別途支給」

当時では信じられない高額である。かなり本気のスカウトであった。

「おいおい、客で来た娘を勧誘すんなや」と私も真顔で抗議した。「有難うございました」

マネージャーは渋々と引いた。千恵が苦笑していた。

後年、妻に当時スカウトされた話を持ち掛けると、よく覚えていた。

私と同様に自意識が高く、謙虚さの少ない彼女は、

「そやな、あのときホステスになってたら、私ナンバーワンホステスになってたわ。自信あったで。そしたら千恵さんと張合うとったわな。ナンバーワンとツーのホステスを愛人にしてパパ左団扇やったかもしれへんな」と真顔で云った。

Ⅸ

私が三十三。美香は二十三歳の二月二十日に、天王寺の大阪郵便貯金会館で初婚時に比べると、美香の親族、私の親族、友人、会社関係者と盛大な結婚式・披露宴を催した。

この会館は美香自身が手配した。

仕事をさぼってＯＭＭ地下の簡易郵便局の、局員しか入れないはずのカウンター内で、お茶をご馳走になっていた局員に頼んで、局員親族のみが受けることのできる特典を利用した。

もちろん美香は初婚、私は再婚だが、美香の親族には秘してのこと。

たぶん、義母、他界した義父も今なお知らない、と思う。

美香は千恵の招待を私に提案したが、流石にそれは受け流した。ホステスになっていたら私がＮＯ１、千恵がＮＯ２。そういう美香の自意識の現れだったのか、その真意は今でもわからないし、聞くこともない。

結婚してから美香が私に願った。

「私と結婚したんやから、これからは千恵さんと会わないでね」

会う、ということは交わる、と云う事である。

会った。

結婚して、美香は退職したが、私は大阪営業のトップとして増々働いた。千恵のいる「麗人」にも接待客を連れていった。

十一時が過ぎ、客をタクシーに乗せ、私は店に戻った。

千恵が私に寄り添う。まるで約束事のように目を合わせた。

「あとで唇を合わそうね。身体をあわそうね」と千恵の目が囁く。

美香に電話を入れる。展示会での接待が私の仕事、と承知している美

香が、

「あまり飲み過ぎないように」と云って、そのあと何か言いたげな間をとったが、無言で電話をきった。

紀子のときと同じ状況になる、千恵には、紀子であろうが美香であろうが、「私に相応しい女」でなければ同じなのだ。

勘の鋭い美香は翌日には、私が千恵と会ったことを察した。

嘘がつけない、というか、嘘の下手な私を詰るわけでもなく、ただ泣いた。オン怨と泣いた。

私は驚いた。

「泣くんだ」と。

美香と知り合って三十数年になるが、美香が泣いたのはこの時が最初で最後だ。

岳父がなくなったときと飼い猫が死んだときに薄っすらと目尻を濡ら

したが、オンオンと号泣したのは後にも先にもこの時だけだ。

「身はひくけど、心はひかない」とかつて云った千恵の言葉を思い返した。「生霊」「精霊」として私に憑依する、ということなのか、私も千恵霊に取りつかれる事を拒む意思がなかったのかもしれない。


だが、わが愛の霊を「邪悪な霊」として引導を渡す辞令がその秋に言い渡された。


東京転勤だ。

東京営業所次長としての栄転だった。

美香は喜んだ。

「転勤はないでしょうね」と一人娘を少しでも近くに置いておきたい岳父・義母に、

「東京営業所は私が開拓してできたんです。あれば、営業所設置時点で私が行ってた、と思いますよ」と転勤は当面はない、と云った舌の根も乾かない内の転勤だった。

東京の杉並区井荻のマンションに転居した。

東京での第一夜の性交で、美香は子を孕んだ。長女がその十月後の七月に生まれた。

ひと月毎に大阪本社への社用のため帰阪した。大阪を離れた私が「麗人」に社費で呑みにいくことは一切なくなった。そして私以外に接待で「麗人」を使う人間もいなくなった。

しかし、憑依した千恵の生霊は私から完全離脱はしていなかった。

ドラッグに侵された中毒者のように、意思は拒むのだが、無意識のうちに覚えていた千恵のベッド脇の電話の番号を指が公衆電話のダイヤルを回した。

「頼むから出るな。出るなら男の声が応じろ」と意思の半分で願い、半分は千恵の声を望んだ。

先方のベルがなっている。出ない。呼び出し音が十回なったら受話器を戻そう、ときめた。
……七回、八回、九回……。

了

都島物語

プロローグ

私はこの一月十三日で六十四歳になる。今年は成人の日にあたる。私の誕生を祝ってくれたみたいで、偶然とは云え、悪い気はしない。

三十六歳で妻美香と再婚して、すぐに東京に転勤になった。その勤務先は十数年前に倒産して既にないが、私は生涯二つ目の現在の会社でまだ現役で働いている。東京転勤時は都内杉並区で住み、現在は埼玉県川越市のマンション在住でもう二十数年が経つ。家族は妻と娘二人の四人家族。おそらく現在の住居が終の住処になるだろう。妻は十歳年下で近くの食品スーパーで働いていて、土日に出勤、平日に休むので、私とは朝晩以外顔を合わさない。

この正月休みに、普段は別居している次女も同伴の家族四人で、妻の実家のある三重県名張市に車で帰省した。妻の仕事の関係で正味三日間の滞在だったが、うち一日は、昨年の早春に逝った友人の家に線香をあげにいった。友人宅は大阪市北区天神橋六丁目の近くで、地下鉄谷町線「天神橋六丁目」下車。そして次駅が「都島」。ここから七、八分歩いた処に私が育った家が現在でもある。私の両親はすでになく、現在は、いろいろ事情があって、当家を譲った甥が住んでいる。

アポなしで訪ねたが、案の定甥は不在だった。

母が亡くなってからもう数年は都島には来ていない。両親の墓所が京都妙心寺にあり、そこを参って、これまた一昨年岳父が亡くなり義母ひとりが暮らしている名張に直行している近年であった。

久しぶりに、といっても数年ぶりのことであるが、都島北通り・本通り界隈を歩いてみた。

地下鉄「都島」の改札を出て、地上に出ると、上空を、いきなり伊丹空港に向かう巨大なジェット旅客機が轟音とともに通過するのを見る。この地の上空は空路になっているので、時間帯によっては五分毎に旅客機が通過する。

私の子供の頃にはこんなに頻繁には飛んでいなかったのだろうし、そもそもその頃に飛行機の通過を意識した記憶もない。あったかもしれないが忘れた。

物干し台に寝転んで、通過する飛行機を写真に撮ったのは、大学生の頃ではなかったか、と思うが、その記憶も曖昧である。

物心が付いた頃には、便所が水洗化され、本通りに市営の路面電車が走る都会の一郭で、私が幼少期から初婚で所帯をもつ二十四歳まで住んだ「都島」。

「齢六十を過ぎて」（自叙伝）を書いて、自らの育った地のことを再度触れてみたくなった。

思うままキーを叩いてみることにする。

幼稚園

私は藤森昌男・延子の長男として、大阪市旭区に誕生した。誕生してすぐに旭区とは隣の区の都島区都島北通りの現存している家に転居したらしいので、旭区での記憶は全くない。

父が母を正式に入籍したのは、私の誕生後になっている。私が誕生していなければ、父母は別れたのかどうかまではわからないが、兎に角私が生まれてから正式な夫婦になったのは事実である。

自身の記憶には全くないが、後に写真で、七五三参りのための衣装と思われる大層な着物烏帽子姿の幼児の私を見たことがある。セピア色の写真の幼児期の私に両親の当時の愛情の深さを思わざるを得ない。

当時では通う子は少なかったと思われる幼稚園に私は通園していた。(此処から一人称を「僕」に替える。そのほうが当時の回顧の表現として適しているように思われるので。)

沢山いる近所の同年の子供たちの中で、「板野」という漬物工場経営をしていた長男の「板野進」くんと僕の二人だけで北通りを出て、途中、高倉町の「洋装店＊＊＊」(洋装店だったことは覚えているが、名前は忘れた)の女の子を誘って、三人で「都島幼稚園」に通園した。

当時、往来に車は少なく、送迎バスもないので、二十分ほど歩いて通園した記憶がある。帰路は、女の子は多分親が迎えにきていたのか、進くんと二人で帰った。

と云っても、寄り道は当たり前だった。

幼稚園の近くに「お化け屋敷」と園児が名付けた、三階建ての、鉄筋コンクリートの共同アパートがあった。既に取り壊されたが東京原宿の「同潤会アパート」とイメージが重なる、蔦が絡まった、大人がみれば瀟洒な建物だったのだろうが、僕たちには、赤茶けて蔦の絡まる古びた建物が、なにか不気味で、怖くもあった。

通りに面して階段があり、踊り場の両側に鉄製の扉が向かい合っていた。

「階段に血がついとるで」と進くんが叫んだ。

階段の真ん中あたりに黒い滴が各段についていた。多分血ではなかったのだろうが、子供は想像する。僕たちはその黒い滴に誘われるように恐る恐る階段を上っていった。

三階の右側の扉までそれは続いていた。進くんが濃緑の鉄製ドアに耳をつけた。

「なんか聞こえるんか」

進くんが無言のまま、ドアの横に付いた玄関ブザーのボタンを押した。留守ではなかった。人の声がした。

「逃げろ」と進くん。

一目散で僕たちは階段を駆け下りた。

背後から、

「悪さしたらあかんでぇ」と女性の怒鳴る声がした。

その頃、僕たちだけでなく、玄関口のブザーを押して家人が出てくる前に逃げる、という悪戯が流行っていて、何件かの苦情が幼稚園に持ち込まれていた。先生から園児に何度となく注意はされていたが。

この都島幼稚園は現存している。

インターネット地図で現存を確かめ、周辺を見てみると、変わったところ、変わらないところと当時の幼い視界が蘇ってくるのが不思議だ。

お化け大会

小学校時代夏休みになると、「お化け大会」を行った。主催者は僕たちだ。

近くに広場があって、といっても公園でもなく、ただの空き地で膝丈くらいの雑草が覆っていた。

空き地の奥は材木店の材木置き場になっていたが、その境界は曖昧で、空き地がその材木屋の所有なのかどうかは判然としなかったし、子供の僕たちには誰の土地であろうが関係なかった。べつに塀で仕切っているわけでもなく、仲間で、無断で材木屋から出る端板木を利用して作った掘建て小屋は、親に追い出された時の隠れ家として使ったりした。

冬の登校時には広場の道路側で、火付け当番等を輪番にして焚き火で暖をとってから、皆揃って登校した。いまの「集団登校」とは違う、単に皆でいこう、と云う意図の登校であったと記憶しているが。

　その叢を踏み付けて通路をつくり、落とし穴や、足を引っ掛けさせるために草を結んだり、板切れの片方を踏んづけるともう片方に置いた砂や灰が当人の顔に飛び掛る梃子仕掛けを作ったりした。ボール紙に「お岩」「一つ目小僧」諸々のお化けの顔絵を描き、切り抜いて被り、叢から現れて、自らお化け面を懐中電灯で照らして参加者を脅かすのだ。

　膝丈くらいの叢だから脅かすほうは、かなり背を屈折させて、あるいは地面に寝転んで参加者を待つことになる。蚊に刺されることが夥しく、あとでその痒さに悲鳴をあげた。

「お化け大会」の主催者は僕を含め、板野進くん、広瀬一輝くん、矢野陽治くん、坪井信二くんの五人、坪井くんはひとつ年長であとの四人が同年齢だった。絵の巧い僕がお化け面の担当で、あとの四人が汗だらけで仕掛け作りをした。当日は僕たちより年下の服部くんと保志くんが補助をした。

参加者は年長・同い年の女子と弟・妹たちが主だった。結構な人数になった。

「お化け大会」は暗くなってから開始した。細針金の先に付けた紙玉に火をつけて「火の玉やでぇ」と服部くんと保志くんが裏声を張りながら揺らすと、それを合図にお化け面の僕たちが出現するのだった。

「きゃきゃ」と大袈裟に怖がってくれるのが、僕たちへの慰労だった。

矢野陽治くんの末妹に陽子がいた。後年、「え、あなたが陽子ちゃん？」と見違える美人になっていたが、当時は蓄膿気味で、少し足りない女の子の様相をしていた。それはなにも陽子だけでなく、僕らの子供時代は、今の子のように小奇麗にしているのは少数で、誰もが「洟垂れ小僧」だった。

参加者たちは、とくに女子は何人かで通路をいくのだが、このとき陽子だけは連れ合いがいなかったのか、単独で通路を進んだ。

落とし穴に落ちた。子供が作った仕掛けなので、そんな深い穴でもなかったが、彼女はこれでパニックになった。泣きながら進んだ先で草の仕掛けに足を引っ掛けて顔から転倒した。額と鼻先から血を流し、さらに梃子の板端を踏んだ、涙と鼻汁と血に灰と砂が降りかかった。

暗がりの中みんなが陽子の元に集まった。

泣き叫ぶ陽子の顔を懐中電灯で照らした兄の陽治くんは、妹のあまりにおぞましい顔に恐怖した。

もちろん、矢野くんの親に叱られるわ、主催者の親たちが矢野くんの家に謝罪にいくはで大変なことになった。

その後、「お化け大会」が開かれることはなかった。一回きりの「お化け大会」だった。

転校生

　小学四年生のある月曜日、別に新学期でも何でもない、全くのある月曜日、ひとりの女の子が転校してきた。しかも、担任の教師が云うには、四週間でまた転校していく、とのこと。

　おさげ三つ編みの、切れ長の目をした頭のよさそうな綺麗な女子だった。名は忘れたが坂須敬子とでもしておく。

　北通三丁目の角の広場にサーカスがくる、というポスターが電信柱や塀などに貼られて少し経った日のことである。その事との因果関係を悟るほどの知恵はこのころの僕たちにまだなかった。

　何日か経って、更地の広場に数台の大きな車が入り、翌日には大きなテントが張られた。

　僕はサーカスなどみたこともなく、母親に連れていくことをせがんだ。僕だけでなくクラスの誰もがサーカス見物を楽しみにしていた。

　愈々、サーカス開始を数日後に控えたある日の朝、担任の教師が、「ほんまはこういうことは許可できひんのですが、特別に坂須さんの発言を許します」と云って、坂須さんを教壇に立たせた。

　坂須さんは臆する様子もなく、よく通る澄んだ声で、

「今度の日曜日から、三丁目の角でサーカスをはじめます。どうぞ皆さんご家族揃って観にきてください。……」

とサーカスの宣伝を始めた。どういう出し物を演じるかまでをアピールした。

　僕たちはそのときに坂須さんがサーカスの団長の子であること、を知った。興行で各地を転々と旅する坂須さんは、親について全国をまわり、転校を繰り返す、と本人から聞いた。

四週間は短いようで長く、長いようで短い。

僕たちは好奇心も絡んで、昼休みには坂須さんを囲んで、いろいろな話を聞いた。彼女に友情以上の好意をもつ男子もあらわれた。

彼女はサーカスの広報員にふさわしく実にはっきりとした標準語口調で語り、いくつも年上に思えた。

クラスの誰もが初めて見たであろうサーカスの興奮を、彼女に伝え、彼女も観に来てもらった礼を云い素直に喜んだ。

「またいつか来（く）んのかな？」との問いには、

「来（こ）れたらいいけど……」で終わった。

転校してきて、一日の狂いもなく彼女は四週間後の月曜日で去っていった。

僕たちは数日で、彼女のことを忘れた。ただひとり彼女に恋した竹下を除いて。

市場に住む姉妹

僕の実家の向かいに「大同市場」があった。

実家の前の通りは一応商店街通りで、母は菓子店を営んでいた。

小学校低学年のころ、親の目を盗んで不二家のWチョコレートやパラソルチョコ・鉛筆チョコなどの商品をこっそりと盗み食いしたものであった。今でもそうだが、不二家のチョコレートが一番、森永の板ミルクチョコがそれに続くほど美味い、と思っている。ゴディバのチョコの美味さが僕にはわからない。まだメリーチョコのほうが僕の口には合う。

脱線したので、戻す。

二階の僕の机の前の窓を開けると「大同市場」の横の路地が正面にな

る。

当時最盛期で十数店舗が入っていた。

横の路地の中ほどに便所があり、客をはじめ店のひと、市場の管理人が利用した。市場の管理人は市場内で住み込みであった。「鳥居さん」といって、四人家族だった。夫婦と二人の姉妹がいた。妹は僕と同い年で同級生だったことがある。姉妹ともに子供の私から見ても美しい少女だった。僕は同い年の彼女ではなく、姉の方に子供ながら恋心を抱いていた。姉は中学生で、そのとき僕は五年か六年生だったと記憶している。机に向かって勉強していたわけではなく、戦争漫画を描いていた記憶が鮮明であるから、小学でも高学年だったはずである。

僕は当時から「ゼロ戦」や「戦艦大和」等を書くのが巧かった。同級生にせがまれて書いてあげたりした。余談。

日曜日の明るい時間だと、時たま姉が便所に出入りするのが見えたりした。誤解のないように書くが、けっして四六時中彼女の便所行きを監視していたわけではない。

別に鳥居さんと親交があったわけではないので、なんらかの機会に市場の「鳥居さんの居室」を覗いたことがあった。中二階くらいの位置にあって、梯子を上っていった。とても狭く、四人の家族が寝起きする環境ではなかった。

父親の酒乱暴力に屋外に飛んで逃げる僕であったが、こうして自分の机を与えられるほどのスペースがある戸建ての家に住むことが当たり前のような僕には、鳥居さん一家の住まいは「鳥の巣」だと思った。

また、鳥居さん夫婦が僕の両親と比べるとずいぶん老けた印象があった。僕の父の身体が頑強だったせいか、とても弱そうに見えた。

今のこの年齢では理解できることだが、僕にしても二人の娘は三十六歳からの子だから、人から見ると老けた父親だったのかもしれない。

それから何年もしないうちに「大同市場」は売却されて取り壊された。その後スーパー「マルエー」に変わった。それもなくなり今はマンションになっている。

僕が秘かに憧れた鳥居姉妹は何処にいってしまったのだろうか。

綿谷組

　当時母が菓子店を営んでいることは先述した。儲かっているのか、いないのかという主婦の兼業商いであったが、日々収支をノートにつけていたので、損はしていなかったのだと推察する。父も別に母の商売に口を挟むこともなかったし、チョコレートを盗み食いしたり、誰よりも早く「コーラ」の「こんなんどこが旨いねん」という薬みたいな味を知ったのも母の商売のおかげであった。

　あるとき、前面が硝子板の開閉扉の業務用冷蔵庫を母は買った。店先に置き、牛乳・コーヒー牛乳・フルーツ牛乳やら当時出始めたコーラやジュースを冷やして販売していた。

商店街の西はずれに「澤の湯」という銭湯があり、銭湯帰りに立ち寄って店先で呑んでいく客が結構いた。牛乳は自転車で十分ほどの高倉町の牛乳専門店の店主が毎朝木箱で3～5ケースほど配達してくれるのだが、夏にはそれで足りずに私が自転車で買いに行かされた。

学校から帰るなり、

「マサノブ、牛乳もうてきて」とよく命じられた。

「もっとたくさん持ってきてもうたらええのに」

「牛乳は余らすわけにいけへんのや。ええから早よいってんか」と云ったやりとりが毎日であった。

夏休みの前後（夏休みに入ると、二人の妹のうちの一人と京都の母親方の祖父母の元に預けられた）の学校帰りの時期で、往復二十分、後ろの荷台に二ケースを積んで親孝行の小学生は汗だくで都島の街を走った。

風呂帰りに立ち寄って飲み物を呑んでいく客には、家の横道の奥の「綿谷組」の若い衆もいた。大概が「おばちゃん、また取りにきて」と云ったきりで帰っていく。母は冷蔵庫の端に一冊のノートを括りつけてその都度メモっていたが、一度に五、六人も来られると覚えていられない。そこは適当につけて月に一度、そのノートをもって「綿谷組」に集金に行った。

「綿谷組」は表向き土建業を営んでいる極道組織で「賭博」を生業としていた。

学区は違ったが、長男とは同い年で僕等の遊び仲間だった。僕等より頭ひとつ背の高い少年だった。

「綿谷」の母親つまり「組の姉御」と母は気性があったのか、他の近所のおばさんたちが敬遠気味なのに比べて仲が良かった。綺麗な女性だった。凛として子供心にも憧れをもった。母親を見たさに綿谷くんの自宅に遊びに行った。若衆は表向き「ぼん」の友達として扱ってくれたが、それとなく家内にいることを煙たがっているのが察知できた。

極道の家といっても塀囲みもなく特別な拵えをしているわけでもない

普通の民家だった。隣に比べると幾分広い玄関に「綿谷組」の提灯が軒下に並んでいるのが、唯一極道の「家」と云う趣であった。

別に近所とこれと云った揉め事を起こすわけでもなく、寧ろ「綿谷組」が界隈の治安に好影響を与えてくれていたのかもしれない。

事件が起こったのは僕が小学六年のある夜だった。寝入った後に母親に起こされた。

曇り空だった近所の上空が大火事かと思われるほど赤く染まっていた。夥しい数のパトカーと救急車となぜか消防車までが家の前から商店街通り、横道に集結していた。多分けたたましいサイレンを鳴らして走ってきたのだろうが、寝入った子供の僕にはわからなかった。或いは静かに無音で集結したのかもしれない。

事件のあらましを知ったのは翌日の報道であった。

「綿谷組」が襲われたのである。

綿谷君の父親として何度か挨拶を交わしたことがある「綿谷」さん、

つまり組長が射殺された、と報道で知った。そのとき知ったことだが、「綿谷組」は矢頭組傘下の組織で、綿谷さんは矢頭組内でも結構上層幹部だったらしい。同格の同胞から「綿谷」の自宅のあまりの無警戒ぶりを忠告されていたらしい。

それから一週間ほどは街の角かどに武装防備した警察官が立っていた。日が経つにつれ、その人数は減ったが、僕の家の角には長い間警察官が立っていたのを覚えている。

本葬は私たちが預かり知れぬ場所で執り行われたのであろうが、密葬は綿谷君の自宅で行われた。かなりの警察官の警護下の葬儀だったが、その筋の人の姿はなく、近所の人が参列した。

僕も母親と同伴で参列した。祭壇の右手に喪服姿の奥さんのその美しさに僕だけでなく誰もが魅せられたに違いない。綿谷君は母親の横でうなだれていたが、僕を認めると少し微笑んだ、僕はそんな気がした。

それが綿谷くんを見た最後になった。母には、奥さんが転居挨拶に来たみたいだが、僕の知らぬ間に綿谷家（組）はいなくなった。
綿谷家の転居後、家の角の警察官も消えた。

色気づき

小学校舎の横には、非常階段が設けられていた。

休憩時にはその階段で、気の合う級友たちと過ごした。

ある日、竹下と云う級友の一人が「ええもんみせたるわ」

藤野という女教師が担任になったばかりの一学期と記憶しているので、五年生の初夏だったか。

「なんやねん」

「教室では見せられへんねん」

昼休み、給食後に非常階段に僕と当の竹下のほか三人が階段の二段に座った。

竹下がランドセルから如何にも大事そうに一冊の本をだした。表紙になにかの包装紙を細工したカバーが被せてあった。

「じゃーん」と竹下が本を捲った。女の裸のモノクロ写真が掲載されていた。みんなは紙面を注視した。

なぜかはっきり覚えている。あるページに上半身が裸の若い女が椅子にすわって開脚している。白いパンティを穿いているが、薄い布で覆われた股の前がこんもりと盛り上がっているのがわかった。恥丘であるが、子供の僕たちにはわからない。恥丘の奥に性器があることを知るのは、もっと先のことであった。

「おんなの此処ってどないなってるねん。なんか盛り上がとるな」

丸刈り坊主頭の山本が云った。

「パンツ脱いだ写真はないんかいな」

と鼻息を荒げて福永が吼えた。

「おとなの女と子供では此処はちゃんかいな」と僕。

「ちゃんちゃうか。妹のやったら俺みたことあるで」と山本。

「おれも妹のを見たことあるけど、ちゃうとおもうな」と僕。

やっと異性を意識し始めた時期ではあったが、下半身に反応を感じるまでには至っていなかった。

中学生で変わった。

峰岸愛子という同級生といっしょに天神祭にいった。中学生の夜のデートだ。

愛子は浴衣で僕の家を訪れた。母は自宅兼店舗で牛乳やらアイスクリームを売っていて、さらにかき氷も売っていた。夏の夜には結構な客があり、父が帰宅後も営業していた。母はかき氷を作る手を休めて、「昌延、気ぃつけてしっかり愛ちゃんをまもるんやで」と声をかけてきた。

何から守るのかはわからないが、学校で見る愛子とは違って、浴衣の彼女は僕より年長に見えた。風呂上りで着たのか、とてもいい匂いがした。

父が珍しく店頭まで降りてきて、

「ちゃんと愛子さんをうちまで送るんやで」と、なにが嬉しいのか、ニコニコして云った。小学生ではよく父に殴られた僕だが、中学生になるや父の僕への態度が変わった。

中学で学業成績が飛び抜けて良くなったことや、こうして女の子と付き合う僕を「孝行息子」として扱うようになった。

手をつないで本通りに出た。そこから市電に乗り、天六へ。すごい人出の天神橋商店街通りを南に向かった。その間も二人は手を離すことがなかった。

天神祭は、東京神田祭・京都祇園祭と並んで「日本三大祭」のひとつで、大川から淀川、道頓堀、土佐堀と船渡りと花火が織り成す、天満宮を祀る祭である。

どこをどう歩いたか、十五の若い僕たちも歩き疲れ、桜ノ宮の銀橋下の暗がりのベンチに腰を落とした。天満からそう遠い処ではないが、桜ノ宮あたりだと愛子の家のある京橋までも歩いてもそう遠くないし、少し休むことにした。

暗さに馴染んだ目に隣のベンチ、川岸のアベックがお互いの身体を密着させ、十五の僕達には妖しい空気が澱んでいた。しかも川を過る夜風が快い。

川には提灯の火を川面に映した屋形船が一隻二隻。

銀橋の川を挟んだ西南には造幣局があり、東北はラブホテル街。

十五の二人には、充分すぎる演出だった。

水銀燈に映える愛子の横顔が綺麗だった。愛子も僕を見た。目が合った。

「愛子きれいやな」と云ってしまった。

愛子が目を閉じた。自然に僕は愛子の肩を抱いて、愛子の唇に自分の唇を押し当てた。

愛子の口が微かに開いた。僕は自分の舌を愛子の口中に入れた。愛子も僕の舌に舌を絡ませてきた。貪るように互いの唇を吸いあった。

僕の性器は破裂寸前に勃起していた。愛子の浴衣の裾を開き、腿に手を当てた。さらにその奥に手を滑らそうとしたが、

「あかん、あかん」と愛子が僕の手の侵入を抑えた。

あの時、もう少し強引にその手を侵入させていたなら、僕の未来も替わっていたかもしれない。

僕は我に帰った。すると愛子に勃起しているのを悟られるのがすごく恥ずかしいことに思え、下半身を捩った。

多分、愛子は僕の欲情を知っていたはずだが、僕を気遣いながら、

「いの（帰ろ）」

と何もなかったように僕の手をとって、立ち上がった。

釣られて立つとパンツとズボンに圧迫された性器が痛いほどだった。

そのとき驚いたことに愛子は、

「また今度やね」とズボンの上からパンパンに膨らんだ僕の其れに掌を押し当てた。そして何もなかったように、また僕の手をとって歩き出した。

「また今度」はなかった。

中学時代

僕は中学進学するや、優等生に一変する。

大阪の東の繁華街「京橋」に近い処に在った東ノ宮中学校。十三学級、六百五十余名が一学年に。まさにベビーブームの象徴の都会の中学校であった。僕は此処で一年から三年まで、学年十三位以上の成績を保持した。

当校では、中間・期末テストの成績結果を玄関脇の掲示板に百位まで発表していた。ご丁寧に墨字での氏名掲示であった。なぜ十三位を覚えているかと云えば、私は十位以下の成績を取ったことはなかったのだが、或テストで十三位に落ちた。たかが十三位、されど十三位。

二年まではクラスでトップの成績だったが、三年で石川渉という美少年（実際、三田明似の男だった）には勝てなかった。後日、バス車中で彼に出会ったが、僕は立心館大、彼は京都大学。この時ほど、工業高校への進学の失敗を思ったことはなかった。ただ今になっては、人生の紆余曲折の面白さを思う余裕はある。

父をボロ糞に云ってきたが、酒癖の悪さを除いては、普通の父であった。妹たちはどう思ったかはわからないが。

猫の額ほどの庭に犬を飼っていた。スピッツ犬で「シロ」。休日には父と淀川岸にある「城北公園」の川の浅瀬でシロを洗った。しかも石鹸をつけてである。まだこの頃の淀川の水面は澄んでいた。水道水の替りには充分だった。

川底から、金目のものを攫う、「ガタロ」（潟郎）が職業として存在した時代である。今では考えられない、川で石鹸をつけ犬を洗う父みたいな輩が川を汚したのだ。

父は酒飲みであるが故のグルメであった。正月のお節の棒鱈、牛蒡煮、だし巻き玉子など手のかかる料理は父が作った。子供ながらに、父の作った料理品は絶品の旨さ、と感じた。

中学での、優等生への僕の変わり様は父の自慢でもあった。この時に僕を「桜ノ宮工業高校」へ進学させたい、と父は思ったみたいである。戦前、神であった天皇陛下が臨幸した、名門の高校が我が家から徒歩十分の都島交差点の北側に在る。滋賀県の田舎で生まれ育ち、学歴のない父には「桜工」は特別だったのかもしれない。「大学」を最終学歴とする時代に入っていたので、高等女学校出の母がトップ進学校「城前」を推したにも拘らず、母の意見を罵倒し、「技術を身に着けるのが一番」と「桜ノ宮工業高校電気科」へと僕の背中を押した。

父は今の僕の年齢（とし）六十三歳で前立腺癌を患い、最終「肝不全」で他界した。

母からの「もう永くない」との知らせに東京から大阪扇町の北山病院

に駆け込んだ。

　妻美香は妊娠していて、僕一人の帰阪だった。父は、初婚の紀子との結婚が、親として心から賛同意ではない因縁だったこともあり、スケベごころもあってか、若い妻が大好きであった、ことを僕はわかっていたので最後に美香に会わせたい、と思ったが、父が美香の妊娠を知って「来なくていい」と妊婦の旅を固く禁じた、と母から聞いた。孫の誕生を見ずに逝くのはさぞ無念だったろう、と察する。

「お父はんの生まれ替わりやな」と僕が囁くと、鬼親父が涙を流した。

高校時代

愛子は大阪府立京橋高校へ。僕は大阪市立桜ノ宮工業高校電気科に進学した。その後、中学校の同窓会で会ったが、わずかな会話のみで終わった。

高校は自宅から徒歩七、八分の本通交差点の西北にあり、高校になっても都島から日常的に出ることはなかった。

僕の進んだ桜ノ宮工業高校は、現在インターネットで「桜工」と入力するだけで閲覧できるほどの高校で、創立百年になる。また「神」であった時代の天皇が臨幸した工業高校としては日本屈指の工業高校だった。僕は進学校に進みたい気もあったが、まだ確かな将来を考えていたわけでもないので父の「手に技術を」と背を押されて電気科に進んだ。

僕には徒歩で通学できる、しかも中学校より近い高校ではあったが、級友たちは電車・バス通学がほとんどだった。当校には学区規制はなかったので和歌山より来ていた級友がひとりいた。平日は大阪在住の親戚の家から通い、休日には和歌山の実家に帰っていた。

高校レベルによるだろうが、少なくとも桜ノ宮工業高校では理数系が苦手だと進学はやめたほうがいい、と確信できるほど電気科では数学・物理は超高校レベルだった。

高校卒業後僕は進路変更して一浪の末大学文系に進学することになるのだが、当時大方の私大文系入試では「国語」「英語」は必須、選択で「倫理」「日本史」「世界史」「物理」「化学」「数学Ⅱ」のうちどれか一科目を解答することになっていた。僕は「日本史」を解答して提出していたが、時間に余裕があると数学も解いた。実に簡単だった。それで我が高校の数学レベルの高さを実感した。とある大学では「数学」解答を提出した。もっとも大学理数系学部となると「数学Ⅲ」が入試必須で我高校レベルになる。

果たして東京でいう現在の「ＭＡＲＣＨ」クラス偏差値の一大学の不合格を除いた四大学に合格した。当時授業料・入学金がもっとも安く、京都の在学ということで立心館大学に進学することになったが、ここでは大学進学そのものがこの話の主題ではないので、話を元に戻す。

こうして日常都島から出ることのない僕だが、部活での他校交流で、大阪府の東、奈良に隣接する四條畷市に在る「北河内学園高校」という女子高校を訪れた。五月のある土曜日のことだった。

余談：ネットでみると現在の「北河内学園」は女子高から男女共学になっている。ちなみにほかに「府立北河内高校」があって、当時は二番手の進学校だったが、現在は府立進学御三家に並ぶ入学難関校になっているらしい。私の姪（妹の娘）の祐美が当校の出身で、現役で国立阪神大学に入学、二重学業の苦労をしながら大学在学中に「公認会計士」を取得。現在二十八歳。日本有数の会計監査会社の会計士として日本国中を飛び回っている。

建築科と応用化学科の数人の女子を除いてほぼ全員が男という高校在校の僕には、その右側に「昭和天皇臨幸」碑と申し訳程度の緑しかない我が校校門の無機質に比べて、爽やかな薫風が吹き抜ける校門を僕らは通り抜けた。まず桜の樹の、快風に揺れる青い葉が僕らを迎えてくれた。樹の下には女神を思わせるような微笑みで、五人の女子高生が待っていた。

紺のジャケットに白いシャツ、首元にエンジのリボン、チェックのスカートの制服が当学園の品の良さを醸し出していた。

此方も五人、増田・池田・西田・茨木と僕、全員三年生だ。純正部員は僕だけで、ほかの四人は運動部も掛け持ちしていた。

僕の部は「文学部」と称したが、大概の高校では「文芸部」。なぜ当校だけが「文学部」と称したかは知らない。僕以外の連中は、僕にいわせると創作才能など皆無だが、結構文芸書は好んで読んでいたようだ。廃部寸前の「文学部」に彼らは遊び感覚で出入りしていたが、最後まで文化祭での催しは皆でやり遂げた。

なぜ郊外のお嬢さん学校とも言える「北河内学園高校・文芸部」と交流の運びになったかというと、実は僕が原因なのだ。

僕は高校生対象の旺文社「蛍雪時代」・学研「高三コース」の月刊誌を定読していた。旺文社か学研かは忘れたが、「全国高校生小説コンクール」と称した作品募集が企画され、特選一作は全文掲載、準特選二作は粗筋と書いた本人が抜粋した一部を掲載するというものだった。それまで詩やエッセイを投稿して読者文芸欄に掲載されたことはあったが、小説で自分の創作力がどれほどのものか知りたい気もあって応募しようと決めた。

勉強の合間に小説を書いた。自分にそんな才能があるとは思っていなかったが、創作は好きで高校卒業後も社会人の「文学部」先輩達と文芸同人を立ち上げ、何編かの小説を書いて同人誌に発表していた。

そんな僕が「嵯峨の雨」という題名の小説を投稿した。京都太秦在住の母方の従妹の美奈子をモデルに、少年期の、幼い恋を、嵯峨野を舞台に描いた小説だった。

これが準特選に選ばれた。出版社から通知がきたときは、驚きながらも心から湧き出る喜びというものを初めて知った。結構な応募数からの二位か三位なのだ。もちろん両親にも告げた。鬼親父の「なんか買(こ)うたろか」との満面の笑みが不気味だった。高校生の僕には決して少なくない額の図書券が副賞として送られてきた。

北河内学園（以降「河学園」と記す）文芸部の何人かが誌面に僕の作品の粗筋と部分文を見て、我が校の「文学部」顧問の国語担当教師今橋先生を通じて交流会を申し込んできた次第だ。

河学園の生徒たちにしたら、僕一人との交流で良かったのだろうが、体裁上、部活交流という形で申し込んできた。

文学部に屯する連中に声をかけて多すぎても少ないのもどうかと私以外の四人を、と云っても、あと東と伊藤くらいなのだが、東はその土曜日は柔道部の対外試合があり、伊藤ものっぴきならない所用があって、ジャンケンで決めることもなく、同伴することにした。

女に飢えた、いわば男子校の五人は浮かれた気分でいそいそと河学園を訪れたわけだ。

さすが私立の、お嬢さん校で有名な高校であって、学舎は我が校とは雲泥の差だった。

何もかもが明るく、清潔で、香りまでしている錯覚を受けた。部室に案内された。ここも半地下のゴキブリ当たり前の我が校の部室とは別世界だった。

女子高校の文芸部ということで、部室には二十人以上の女子が僕らを迎えた。開け放たれた窓からの微風が流す彼女達の色香が僕たちを刺激した。とても幸せな気分だった。中央に顧問教師とおもわれる若い女性がいた。

「文芸部の顧問をしています＊＊＊＊」と慇懃な挨拶をし、ちょっと大袈裟な歓待の態度を示した。笑顔で人と接することが教育モットーの一つになっていたのかもしれないし、厳格そうな女子高にあって、僕たちが大阪では有名な伝統校の生徒で、如何にも校則の厳しさを彼女らに思わせる、詰襟学生服に制帽、しかも入室したときに僕らが声を重ねて「失礼します」と脱帽したときに彼女たちの大半が驚きの表情を見せた。当時でも公立高校では珍しい僕たちの丸刈り坊主頭の、如何にも硬派の高校生の容姿のせいかもしれなかった。

　僕たち五人の各人を河学園の同数女子が囲む形のグループをつくって、ひとときを読書した本の感想を語り合ったりして過ごした。僕たち五人の各人ごとのグループという発案は顧問先生の気配りで、大方の女子は私に付きたい思いは誰の目にも明らかだった。

「嵯峨の雨」が少年期の純愛小説なので、こんな小説を書く男子に興味を抱くのは至極当然なことで、それを察した増田が「今度は藤森の講演みたいな方法で」と顧問教師に申し出た。増田の提案は、交流会は今回限りでは終わらせません、との宣告でもあり、顧問教師も毎月の第二土曜の交流会を決めた。

美しく清楚な彼女たちをむさ苦しい我が校に来てもらう訳にはいかないので、第二土曜日は午前の授業が終わると、環状線「桜ノ宮」から「京橋」経由、片町線で四條畷まで向かうことになった。

初回のこの日は夕方五時に解散、僕らが部室から退出しようとしたときに僕に声をかけてきた女子がいた。僕を囲んだグループにいた女子の一人だった。それが嶋優子だった。個人的にお付き合いしたい、と皆がいる前ではっきりと云った。顧問の先生もいた。

「ええ。優子抜けがけするんや」と誰かの声。

しかし彼女は物怖じせず毅然と僕に交際を申し込んだ。

「あきませんやろか」と問われた。あかん訳がない。際立った印象があるわけでもなかったが、奥二重の目元が涼しい凛とした綺麗な娘だった。僕よりひとつ年下の高校二年生。

こういう出会いから嶋優子との交際（つきあい）は始まった。当の交流会は、五人が運動部と掛け持っていたことや僕が受験勉強を本格化したことで、その後二、三回の交流会を経て自然消滅した。

嶋優子とは週に一回は逢っていた。

後年、不倫交際した大阪南の高級クラブホステスの千恵が、

「マサノブ、絶対あなたと離れない」

と僕に囁いたことがあったが、僕のどこがよくてそんなことを言わしめるのかわからなかった。嶋優子との初体験を思い起こしてみると、僕自身の女性に対する持って生まれた何かがあるのかもしれなかった、と今になって思う。

初体験

これからの記述は、エロス小説の類になるかもしれない。しかし、決して主題から外れているとも思えないので、筆を（キーを叩く）進めることにする。

嶋優子の住居は失念したが、環状線の京橋経由、片町線で通学していた。僕とのデートには便利だった。お互い制服姿では梅田のターミナル繁華街では逢いづらいので、京橋か、桜ノ宮界隈で逢うことが多かった。

余談：多分今の高校生のセックスも当時と大差ない状況だと察するが、セックスに関する情報量が違う。

例えば、当時女性器は、違法の「裏本」といわれるグラビア本を密かに買ってしか見られなかった。今は、インターネットで無料で飽きるほど見られる。男女の性交のみならず、肛門（アナル）交接まで見ることができる。密やかなるものへのトキメキや妖しい叙情も今はない。

そんな現状とは裏腹に、過ぎた干渉とも云える性への法の網は広がっているように僕は思う。とくに「青少年少女の健全育成」を謳い、十八歳未満の性への「お節介」とも云える法はひどいものがある。

秋葉原の「Ｊｋ（女子高生）お散歩」等への権力の規制の報道を知り、僕は職場の四十歳の男に聞いた。

「俺の嫁さんは十歳年下やわな。俺が二十五で、嫁さんが十五のときに知り合って、セックスしてたら捕まるんかいな。」

「恋愛ならいいんじゃないんですか。」

「でも、金払うてしたか、お互いの意思でしたか、どうやってわかるんや。直接金はらわんでも、なんかプレゼントしたりしたらどうなんのやろ」

と他愛もないが、真剣な疑問を問答した。

当時は高校生の恋愛を、今ほど監視している時代ではなかった。何度かのデートの後、なんの蟠りもなくセックスすることをお互い了解した。さすがにその日は制服ではなく私服で落ち合って、銀橋傍のホテル街の一郭のとあるホテルにはいった。

心臓が波打っていたが、極めて冷静を装って僕が先に入った。数歩離れて優子が続いた。

夏休みも終わろうとする八月末の昼下がりだった。昼日中のホテル街は静かで、川岸の樹々の蝉の声がやたら耳についた。

彼女は清潔感漂うシロのワンピースにつばの大きい麦わら帽子でシロのサンダルを履いて、お嬢様の様相（スタイル）だった。

僕は上から下までボタンダウンシャツにコットンパンツをＶＡＮで統一して、靴はコインローファー、麦わらハットを被り、濃いサングラスをつけていた。

多分二人とも高校生には見えなかったと思う。

指定された部屋に入室した。ドアを閉め、鍵をロックして初めて安堵した。

当時普及し始めたエアコンの冷気が心地よかった。

ドアを背に僕は優子を抱き、とんでもない冒険を楽しんでいるみたいに顔を見つめ合い笑いあった。僕の手で彼女の麦わら帽をとり、先日カットしたという少年のようなショートの髪を撫でた。長い髪も素敵だったが、短髪の小さな頭の優子も可愛らしかった。その場で僕たちは口づけをした。口を合わせ、抱き合ったままベッドに転がり倒れた。

仰向きに横たわった僕に、髪を切ったせいもあるのか、優子は男の子のように素早く僕の腹に馬乗りになった。白いワンピースの裾が弾けて白い下着が僕の目を射た。夏休み中だけ伸ばした僕の短い髪を掻きまわしながら、彼女は僕の唇を吸った。互いの舌と舌を絡ませた。

僕が彼女のワンピースの裾から奥に手を入れようとした瞬間彼女はベッドから飛びのき、

「シャワー浴びてくるね」と云った。

「いっしょに入ろ」との僕の誘いに、

「あかん」と一言。

そして彼女は浴室に消えた。

ベッドに横たわったまま改めて部屋の様相をながめた。

天井は全面鏡張り、ベッドの脇と頭部の壁は鏡張りでドア側の壁は薄ピンクを背景に濃淡のピンクの花模様で、壁に最新型のエアコンが置かれていた。鏡を除いたら造りは嫌味のない落ち着いた雰囲気だった。鏡が欲情をかりたてる仕掛けになっていたのだ。ベッドの頭部にベッドの仕掛けボタンやスイッチや部屋に流す音響の装置があった。

その傍らにコンドームが備えられていたが、今日のために用意してきた自前のコンドームを鞄から出した。予め、頭に叩き込んだ今日のこれからの所作をもう一度思い浮かべた。

「マサノブもシャワー浴びたら」と優子が大きなバスタオルを胸元から巻いて出てきた。

いつごろからか、「藤森さん」が「マサノブ」になっていた。

浴室は、ベッドの俗っぽさに比べて、ラブホテルのそれらしいものではなく極めて質素だが、二人は悠に入れる大きなバスタブと湯を浸すとジェット風呂にでもなる装置が完備されていた。欲情を演出する浴室ではなかった。

シャワーの後、僕は既に勃起した下半身だけをバスタオルで覆い、浴室を出た。

優子はベッドに仰向けで横たわっていた。ブランケットで身体を覆っていた。

ブランケットをはがすと……と僕は想像し、さらに下半身を熱くした。

彼女の唇に軽く口づけをし、

「ちょっと待って」と、彼女の視界外でコンドームを装着した。しっかりと根元までの装着を確かめてからブランケットを剥がした。

果たして彼女は全裸ではなかった。ブラジャーはつけていないが、下半身に下着を履いていた。しかも僕の目を射た白いショーツではなかった。レースをあしらった化織のセクシーな小さな布きれだった。彼女はこの日のために用意していたのだ。

彼女は両手で自分の顔を覆っている。恥ずかしいのか、そうすることが処女（バージン）としての嗜み、と思っての所作だったのか。いや、そうした全ての行為を楽しんでいるのか。

僕は彼女の身体をすこしベッドの下方にずらせた。そして僕はベッドの足元の床に跪いて彼女の両脚の間に頭を挟んだ状態で、彼女の股間に顔をつけた。

化織の薄い布の上から彼女の恥丘を咥えた。優子が身を退こうとしたが、僕は彼女の腿を抱えてそれを許さなかった。恥毛の感触はほとんどなかった。口をわずかに下方に移した。既に潤った秘部を布越しに吸った。

　優子の、少女と思えない吐息が聞こえた。僕はそこで彼女の小さなショーツを脱がした。

　生まれて初めて見る女性器が僕の鼻先にあった。煙のような陰毛の下に軽く盛り上がった大陰唇、その真ん中の割れ目のラインを舌でなぞった。割れ目からは夥しい液汁が溢れでて、股間を濡らせていた。

　再度僕の舌から逃れようと優子が身を捩った。僕は優子の腿に絡ませた両腕に力を入れてそれを許さない。優子の身体からあらゆる力が抜けた感じがしてから、手を股間に戻し、優子の其処を開いた。想像していたより綺麗なピンクの襞と泡立つほどの液汁を溢れさせた膣が僕の鼻先に拡がった。

「あかん、あかん」と優子が半泣きの声を上げた。

　僕の性器は破裂寸前の勃起をしていた。コンドームは大丈夫かと思えるほどだった。それでも僕は心の中で、「まだや、まだや。優子のためにもう少し我慢せえ」と自分を抑えた。

僕は優子の性器に口を押し付け、溢れる愛液を貪るように吸った。

「あかん、あかん」優子の呟きはもう意識が朦朧とした状態を顕していた。

そこで僕は優子の腰を抱きかかえ、一気にいきり勃つ自分を優子に挿入した。少しの抵抗感はあったが、僕たちは合体した。ゴムを透して優子の熱が僕に伝達した。優子の熱を性器に感じた途端僕は射精した。

こうして優子と僕の初体験は終わった。

汗だくの身体を、バスタブに湯を張り、今度は二人で浸した。

その日、僕たちは追い出される夕刻までセックスを繰り返した。何回したか記憶にない。

後日、「帰ってからアソコが痛とうなって難儀したわ」と優子が明るい笑顔で僕に告げた。

後年、僕はいろんな女性と交わって今日に至り、この思い出を書いているわけだが、はて？　優子はこのとき処女だったのか、確信はない。私が女性との交接が初めてだったのは間違いはないが。

女買い

ここで桜ノ宮工高時代のクラスメート達との秘話をひとつ。

柔道部の主将の福井が、石炭ストーブを囲みながら弁当を食べている僕たち何人かに、

「なあ、皆で童貞捨てにいけへんか」と云い出した。

皆急な福井の戯言に一同お互い顔を見合わせてから誰かが、

「お前、練習で頭でも打ったんかいな」

福井は極真顔で、同じ柔道部の連中が三千円で「オメコ」させてもらった、と云う。福井の話は、当時、つい十年前まで公然としてあった売春色街で三千円で性交出来るので有志で行こうや、と云うことであっ

た。

僕は童貞ではなかったが、「色街」に興味があったので参加することにした。当時「飛田」「新地」が名の知れた処だったが、当時の母校は校則で丸刈り頭、有名処は無理ということで、経験者の柔道部の連中がいった処にしよう、と決めた。

夕方と云ってももうすっかり暮れた冬の五時に、出来るだけ高校生に見えない装いで阪急「庄内」に集合した五人は、庄内駅の寂れた通りを少し歩いた。両側に一見立ち飲み屋の並ぶ狭い通りに入ると、立ちんぼのおばさんが「あんたら高校生やろ」と声をかけてきた。いくら帽子をかぶり装ったつもりでも、彼女らからみれば「子供」なのだろう。しかし、まさか学生服はないだろうから、それはそれで仕方がなく、開き直った福井がおばちゃんと交渉し始めた。交渉成立で、五人は各々案内人に連れられて散った。

僕は、間口の狭い格子戸をある呑み屋に見える店に案内された。入るとすぐ右手に狭い梯子のような階段があり、その奥はカウンターがあり、壁に拵えた棚に何本かの酒瓶が並んではいたが、カウンター前に椅子はなかった。火の気はいっさいなく、カウンター内に人もいない。官憲への言い訳にもならない呑み屋の体裁の偽装である。階段を昇るように云われ、二階にあがると、踊り場もなく、三畳くらいの畳敷きの部屋があった。かなりワット数の低い裸電球のほの暗い明かりに、多分ずっと敷き放しの薄い布団にすでに一人の女が眼前に横たわっていた。階段から上がった時点で私は四つん這いで女と向かい合うことになった。女の上半身は厚めの着衣で、下半身には毛布が被せられていた。

「十五分の一発やから、はよせんと」と女が毛布をとった。下半身はなんにもつけていなかった。おもむろに両足を広げ、コンドームを私に渡した。薄暗い灯の下で、女の股奥に黒々とした陰毛があり、さらにその奥になにか得体の知れぬ生物が蠢いている錯覚を感じた。すぐそこに女の顔があった。目があった。女は僕の母ぐらいの大年増で、身体は別に痩せてもいなかったが、その顔にはなんとも云えぬ陰鬱があった。しかも左右の記憶はないが、唇の端の皮膚が引き攣れていた。火傷跡のようだった。母と同年齢なら、戦時下空襲で負った傷かもしれない。この女性は今までどう生きてきたのだろうか。ずっと、この湿り気のある三畳間で戦後を生きてきたのか。

十七歳の私は勃起しなかった。僕はズボンも下ろさなかった。

「なに人の顔ジロジロみてるんや」と女は僕を一括した。かすれた低い声だった。

「どうもすんまへん」と僕は女の足元に三千円の紙幣をおいて、四つん這いのまま後ずさり、逃げるように階段を下りた。女の罵声が僕を追った。

僕は、十七歳ながら女の生き様を想像した。

戦時下で家族を失くし、自らもその顔に傷つき、身体を売るしか生きる術がなく、それも十年前までの合法が違法化され、この女性にはこの十年は翻弄された年月でしかない、と。

想像力豊かで、多感な十七歳の僕にはこの買春はきつかった。

以後、僕はトルコ風呂（ソープランド）・ヘルスの類での直接「女を買う」ことはなかった。手間暇かけても、欲しい女は、口説いて、その場限りであっても「恋愛感情」を持って性交してきた。決して偽善ではなく、あの時の女性に「生きるがゆえ」の悲しみを見てしまった。

天六ガス爆発事故

高校の先輩で文芸同人仲間の、川西さんにこんな話を聞いた。悲劇であり恐怖の話である。

大淀区天神橋六丁目、通称「天六」で昭和四十五年四月八日の夕刻に、地下鉄工事現場でガス爆発事故が起きた。

僕も大学の帰りの市営バスに乗っていた。バスが中崎町を過ぎた辺りで車体が縦に大きく揺れた。一瞬「地震」と思ったが、刹那大轟音がした。バス車内で叫声がした。そのままバスは動かない。バスだけでなく、道路上の車のすべてが動かない。運転手もなにが起こったのはつかめない。時間が過ぎ、警察官がバスに駆けつけて運転手に小声でなにか伝えているのが見えた。その後運転手が車内放送で、天六付近で事故が発生したことを乗客に伝えた、この時点では事故の規模・詳細はわからなかった。暫く車内に留まるように運転手は云ったが、乗客の抗議でしぶしぶドアを開放した。道路には車から出た大勢の人と通行人が東のほうを窺っていた。赤々と焔と煙が空に昇っていくのが見えた。

川西さんの家は天六を北にすこし入った処にあった。被害はなかったのか、携帯電話がある時代ではなく、連絡のとりようもない。川西さん自身は大阪市職員なので、事故現場にいる確立は極めて低いが、ご家族の心配はした。

後日川西さんに聞いたことである。

当然、現場は封鎖され一般人は立ち入り禁止で、僕も帰宅するのに大きく迂回を余儀なくされた。

川西さんは家が近いことと、市職員ということで救助班として現場に入った。事故後すぐに中ノ島の市庁から駆けつけた。地下鉄工事のため、敷き詰めたコンクリート板が積み木片のように吹き飛ばされて、おり重なっている。上空からの爆撃でもここまでの惨状ではない、地下からの爆発特有の破壊力だった、と川西さんは言及した。川西さんは呻いている一人の女性を見つけた。下半身火傷をしているようだが、生きていた。「さ、肩につかまり」と女性を背中に負ぶった。女性の両腕がしっかりと川西さんの肩にかかり、両手が胸元で組まれたのを確かめて、立ち上がった。と女性の重みが消えた。

川西さんは思わず悲鳴を上げた。自らを落ち着かせるために、熱い、焦げた臭気の空気を、マスクを通して深く吸って吐いた。確かめるように背負った女性の臀部を掌で撫でた。持ち上げた時には確かにあった感触が違った。スカート地の布の奥にあるはずの肉感がない。

恐怖がよぎった。自分の目で確かにようと一旦女性を背から降ろそうとしたが、女性の両手が自分の胸元から外れない。

「誰か来てください」と思わず叫んだ。すぐに消防隊員のひとりがきた。

隊員は即座に事情を察した。そして、川西さんの目を見て、首を横に振った。

「見ない方がいいですよ」と川西さんの胸元で固まった女性の両手を外した。

隊員の指示どおり、ゆっくりと女性を地面に横たえた。「見るな」と云われても、自然に目が動いた。

信じられない光景であった。

めくれ上がったスカートの下には、そのままのパンティストッキングが履かれていて、下着と思える黒い小さな布きれが見えたが、あるべき肉片がなかった。

女性は七十九名の死者の一人になった。

後に川西さん自らが推測した。

「なんらかの衝撃で下半身がミンチ状態よりさらに液状化して、俺が背負って立ち上がったときに流れ落ちたのではないか」と。

そうは云われても、聞いた僕はそんな事が有りうるのかと信じられなかった。もとより当の川西さん自身も信じられない経験であったのだから。

その川西さんが六十過ぎで鬼籍の人になった。「プロローグ」で記した昨年早春に亡くなった友人が其の人である。

エピローグ

都島を出たのは、大学で交際していた立川紀子と結婚、府下の箕面市に所帯を持ったことに依る。僕が二十四歳の秋だった。それから僕の不倫による離婚後も都島に帰ることはなかった。紀子との結婚の時に本籍を箕面に移した。今でも本籍地は箕面のままだ。

故郷という言葉が馴染まない都会の一郭で育った僕だが、其の地が田舎だろうが都会だろうが、生まれ育った故郷が大阪市都島だ。

父は前立腺癌でこの家で苦しみ、扇町の病院で亡くなった。

享年六十三。

父の死後母は甥と都島の家に住み、ある夜、浴槽の湯に眠りながら沈んで死んだ。

甥の純が、いつもより長い母の入浴を不審に思い、「おばあちゃん、おばあちゃん」と声を掛けたが、返答がなかった。浴室に飛び込んで、浴槽に頭を沈めて死んでいる母を抱き上げ、畳の間で胸の圧迫措置をしたとのこと。

純は救急車を呼んだ後に私に電話を掛けてきた。確か午後十一時過ぎだった。純の声が引っくり返っていた。気の毒なくらい興奮していた。

「もっと早よ気ぃついてたら」と半泣きの声だった。

享年八十三。

翌朝、始発電車で大阪・都島に向かった。母の遺体は都島警察署にあった。

病院内ベッドでの死亡でなければ、例外を除いて検死を受けることになる。事故死・自殺・他殺・病死かの警察の証明を受けて初めて死亡届けを役所に届けて葬儀が可能になる。警察の証明を受けた時点で、後の処理は葬儀屋が一切仕切ってくれた。

純が母を横たえた畳には、母の体液が染み付いていていた。乾かそうが、拭こうが染みとなって取れることはなかった。後日、そこの畳を替えたが周りの畳の黒ずんだ古さが逆に目立ち、結局六畳全て替えることになった。

現在その家に甥の純が住んでいるのは先述した。

後一年後の六十五歳で現在の勤務を終えたら、純に頼んで、都島に暫く滞在、そこを起点に京都・奈良・神戸をめぐってみようかと思っている。曾て展開されたＪＲのキャンペーン「三都物語」を思い出した。

エピローグⅡ

「エピローグ」を書き終えたのは二〇一四年一月十三日だったが、あれから九年以上経ち、この「都島物語」が、もしかして多くの他人に読まれる機会をえるかもしれないこととなり、今現在だからこそ書き加えたいことが出てきた。

母の葬儀のときの事である。

私の父方の親族の叔父や叔母が「あ、延代ちゃん帰ってきたんや」と次女の妹を懐かしんだが、歳をいくと、最後に見た印象のまま、時の経過が認識できないのか、私の次女の未希と延代と間違ったのだ。

「延代ちゃん、何処に行ってたんや。親不孝して」と未希に面と向かって云うのであるから未希も「私じゃありません」と云うしかなく、私に救いを求める。

「延代とちゃいますよ。僕の娘ですよ」で「ああ。こんな若いわけないわな」

というのも未希は、もう十年以上も行方不明の妹に容姿が似ているのだ。百六十八センチの身長でスレンダーな姿形、面容も確かに似ている。

「パパ、延代さんって誰?」

私に代わって妻が答える「パパの下の妹さんで、純ちゃんのお母さん」。後日延代の写真を見せると「もろヤンキーじゃん。私と似てないよ」と本人は否定するが、似ている。

延代は所在が知れない。生きているのか、死んでいるのか。

私より四歳年下で、背が高く、細身で、美人であった。末っ子ということで、長女と私とは共通する趣味・嗜好があったが、延代は上二人とは離反したところがあった。口数が少なく、何を考えているのか、親だけでなく、兄姉の私たちも理解できなかった。

高校三年のとき、同級生の掛川芳昌との間に子ができた。体型的に妊娠を親も私達も気づかなかった。わかったときはもう中絶は難しい段階に達していた。当然父は烈火のごとく荒れ狂った。流産しても構わない、との意図をもって延代を殴打した。母が止めに入ると、「母親のくせにわからんかったんか」と母にも暴虐の始末。大学から帰宅した私が父に体当たりして止めた。

延代より、誰との子か聞き出し、母子家庭だった掛川君本人と母親が飛んできた。先方の二人も初耳だったらしく、我が家の誰もが掛川母子とは初対面だった。相手の芳昌くんにも告げずに延代ひとりで苦悩していたのか、と思うと気の毒だが、単に刹那しか生きない阿呆だったのか。多分延代の後の生き方から推して後者であろう。

まだ十代での結婚、夫婦になった。

掛川君は延代と並んでもバランスのいい背の高い、真面目な青年だった。生まれたのは男の子で「純」、私の甥だ。

経済的に自立できていない二人であり、父のいない掛川くん方に余裕はなく、理由はどうであれ初孫の「純」を父も受け入れるしかなく、私の父母が、経済援助及び高校卒業までと、更に二人の卒業後の共稼ぎに対処して子守も請け負った。

ところが、である、延代が何年か掛川くんとの夫婦生活の後、男を作って家出した。私も女好きなので決して妹を非難できる立場ではないが、延代は自分の子を顧みないという、許されざる母親であろう。「純」を父母に押し付けたままである。父は延代を勘当した。

所在のわからない延代に掛川くんも多いに困っていたところに延代から一方的に自分の捺印した離婚届が送られてきたとのこと。これらの経緯は後日母から聞いたことである。ここで父は延代の身勝手を掛川くんに侘び、純は藤森側で育児することにしたのだ。その後掛川くんは再婚、子供も二人つくったが、純が高校卒業するまでは決して多くはないが、切らさずに養育費を送金していた、とのこと。ちなみに純は、大阪産経大学に進学・卒業。私の親は不遇の孫を大学まで出したのだ。

父は「昌男」母は「延子」長男の私は「昌延」長女は「昌子」次女は「延代」。子供の名付けに「熱」を感じない。それとも親の名を引き継がせる意図があったのか、親に遂に訊けず仕舞いだ。

私は長男なので、怖い父ではあったが、嫡子としての扱いに違いなかったが、妹たちは気の毒だったし、そのために妹たちは「藤森」家を嫌った。

父は私が誕生して初めて母を入籍していた。私の誕生日は昭和二十五年一月十三日、母の入籍日も同日になっていた。結婚後の入籍ではなく、「子」を生んでの入籍であった。後日、戸籍をみて知ったことだが、戦前ならそれもあったのかもしれないが、戦後でもそれが普通だったのか。ほとんどの夫婦は入籍後、子供を産んでいるだろう。

そんな冷厳、と云うより身勝手な父であったから、母・妹達にも、酒を呑んでのこととは云え、暴力を振るったのだ。フェミニストの私には有り得ないことだ。長女の昌子とは幼い頃は仲が良かったが、成人してからは、彼女の生き方が嫌いで、兄妹の付き合いを必要以外は遠慮している。

次女の延代は未だ行方不明である。母の死亡にも姿を現さなかった。遺産相続の関係で、昌子が裁判所に延代の「失踪宣告」を申請した。七ヶ月ののち延代の戸籍上の存在はなくなり相続権利が甥に移行。実家の都島の「家屋」は、母・延代に捨てられ、延代が行方不明になったことで離婚となった父にも見放され、私の母に育てられた、延代の長男・私の甥の「純」に相続させた。もし延代が老いて純の元に現れた時元の場所に元の「家」があればなんとかなるかも知れない。ただ純は「母を許さない」と彼として至極当然な言い分を云うが、性格が優しい男なので、延代が実際現れたときにどう対処するかはわからない。ちなみに純ももう四十になるが、独身である。身内は私たちだけという孤独な甥であるが、生い立ち・育ってきた環境からまともな「結婚」は難しいかもしれない。恋愛相手も目下いないようである。

完

著者プロフィール

藤崎 潤史（ふじさき じゅんし）

第一次ベビーブームの1950年１月生まれ。

彼の1969年東大入試中止年に都島工業高校電気科から立命館大学文学部入学。

文芸創作、読書、撮影、描画、揮毫、等々多趣味。

自分なりの思いではあるが、脳梗塞、鬱病、黄斑円孔、直腸癌（再発と２度の手術）を患い、取締役であったため連帯保証債務者となり、負債を負ったりと結構波瀾万丈の人生を経たが、現在孫４人の絵にかいたような凡々たる幸せ老人。某老人ホームにて働いている。

幸せの印の一つとして、この著作を遺品とできたことを素直に喜びたい。

麗人

2024年２月15日　初版第１刷発行

著　者　藤崎 潤史
発行者　瓜谷 綱延
発行所　株式会社文芸社
〒160-0022　東京都新宿区新宿1－10－1
電話　03-5369-3060（代表）
03-5369-2299（販売）

印　刷　株式会社文芸社
製本所　株式会社MOTOMURA

ISBN978-4-286-24908-7